万葉 花のしおり

明巳
美子

柳原出版

万葉　花のしおり　目次

万葉植物名（五十音順）

カッコ内は万葉植物現代名

1 あかね（アカネ）……10
2 あさがほ（キキョウ、ムクゲ、アサガオ）……11
3 あし（アシ）……13
4 あしび（アシビ）……14
5 あぢさゐ（アジサイ）……16
6 あづさ（ヨグソミネバリ）……17
7 あは（アワ）……18
8 あふち（センダン）……19
9 あふひ（タチアオイ、フユアオイ）……20
10 あべたちばな（ダイダイ）……21
11 あやめぐさ（ショウブ、ノハナショウブ）……22
12 あをな（カブ）……24
13 いちし（ギシギシ、ヒガンバナ）……25
14 いちひ（イチイガシ）……27
15 いね（イネ、アカマイ）……28
16 いはゐつら（スベリヒユ）……29
17 うけら（オケラ）……30
18 うのはな（ウツギ）……31
19 うはぎ（ヨメナ）……32
20 うまら（イバラ）……33
21 うめ（ウメ）……35
22 うも（サトイモ）……36
23 うり（マクワウリ）……37
24 おほゐぐさ（フトイ）……38
25 おもひぐさ（ナンバンギセル、リンドウ）……39
26 かきつはた（カキツバタ）……41
27 かし（カシ類の総称）……43
28 かしは（カシワ）……44
29 かたかご（カタクリ）……45
30 かには（ウワミズザクラ）……47
31 かはやなぎ・かはやぎ（ネコヤナギ）……48
32 かへるで（カエデ類の総称）……49
33 かほばな（ヒルガオ）……51
34 かや・くさ・すすき・をばな（ススキ）……52
35 からあゐ（ケイトウ）……53
36 からたち（カラタチ）……55

37 きみ（キビ）……56
38 くず（クズ）……57
39 くそかづら（ヘクソカヅラ）……58
40 くは（クワ）……59
41 くり（クリ）……60
42 くれなゐ（ベニバナ）……61
43 こけ（コケの総称）……62
44 ごとう（アオギリ、キリ）……64
45 さうけふ（ジャケツイバラ）……66
46 さかき（サカキ）……67
47 さきくさ（ミツマタ、フクジュソウ、ジンチョウゲ）……68
48 さくら（サクラ）……69
49 ささ（クマザサ）……71
50 さなかづら・さねかづら（サネカヅラ）……72
51 さはあららぎ（サワヒヨドリ）……74
52 しきみ（シキミ）……75
53 しだくさ（ノキシノブ）……76
54 しの（メダケ）……77
55 しば（雑木類の総称）……78
56 しひ（シイ）……79
57 しりくさ（サンカクイ）……80
58 すぎ（スギ）……81
59 すげ・すが（カサスゲ）……82
60 すみれ（スミレ）……83
61 すもも（スモモ）……85
62 せり（セリ）……86
63 たけ（マダケ）……88
64 たちばな（タチバナ）……89
65 たで（ヤナギタデ）……90
66 たはみづら（ヒルムシロ）……92
67 たへ・たく・ゆふ（コウゾ）……93
68 たまかづら（スイカヅラ）……94
69 たまばはき（コウヤボウキ）……95
70 ち・あさち・ちがや・つばな（チガヤ）……96
71 ちさ・やまぢさ（エゴノキ）……97
72 ちち（イチョウ）……98
73 つきくさ（ツユクサ）……99
74 つげ（ツゲ）……100

75 つた・つな（ツタ、テイカカヅラ）……101
76 つちはり（メハジキ）……102
77 つつじ（ツツジ類の総称）……103
78 つづら（ツヅラフジ）……104
79 つばき（ツバキ）……105
80 つほすみれ（ツボスミレ）……108
81 つるばみ（クヌギ）……109
82 ところづら（トコロ）……110
83 なぎ・こなぎ（ミズアオイ）……111
84 なし（ナシ）……112
85 なつめ（ナツメ）……114
86 なでしこ（ナデシコ）……115
87 にこぐさ（ハコネソウ、アマドコロ）……116
88 ぬなは（ジュンサイ）……117
89 ぬばたま（ヒオウギ）……118
90 ねつこぐさ（オキナグサ、ネジバナ）……119
91 ねぶ（ネムノキ）……121
92 はぎ（ハギ）……122
93 はじ（ヤマハゼ）……123
94 はちす（ハス）……124
95 はなかつみ（マコモ、ヒメシャガ）……125
96 はなたちばな（マンリョウ）……126
97 はねず（ニワウメ、モクレン）……127
98 はまゆふ（ハマユウ）……129
99 ひ（ヒノキ）……130
100 ひえ（イヌビエ）……131
101 ひかげ・かげ・かづら（ヒカゲノカヅラ）……132
102 ひさぎ（アカメガシワ）……133
103 ひし（ヒシ）……134
104 ひめゆり（ヒメユリ）……135
105 ひる（ノビル）……137
106 ふぢ（フジ）……138
107 ふぢばかま（フジバカマ）……139
108 ほほがしは（ホオノキ）……141
109 ほよ（ヤドリギ）……142
110 まつ（マツ）……143
111 まめ（ツルマメ）……144
112 まゆみ（マユミ）……145

113 みら（ニラ）……146
114 むぎ（オオムギ）……147
115 むぐら（カナムグラ、ヤエムグラ）……148
116 むし（カラムシ）……150
117 むらさき（ムラサキ）……151
118 め・にきめ・わかめ（コンブ科の海藻の総称）……152
119 も（海藻類の総称）……153
120 もみち・もみつ（カエデ科の総称）……154
121 もも（モモ）……155
122 ももよぐさ（ノジギク）……156
123 やなぎ・やぎ（シダレヤナギ）……158
124 やまあゐ（ヤマアイ）……159
125 やますげ・やますが（ヤブラン）……160
126 やまたちばな（ヤブコウジ）……161
127 やまたづ（ニワトコ）……162
128 やまぶき（ヤマブキ）……163
129 ゆづるは（ユズリハ）……164
130 ゆり（ヤマユリ、オニユリ）……165
131 よもぎ（ヨモギ）……167
132 らに（シュンラン）……169
133 わすれぐさ（ヤブカンゾウ）……170
134 わらび（ワラビ）……171
135 ゑぐ（クログワイ）……172
136 をぎ（オギ）……173
137 をみなへし（オミナエシ）……173

コラム「万葉の歌人たち」
石川郎女……26
大伯皇女……54
作者未詳……63
大伴坂上郎女……87
橘諸兄……105
大伴家持……113
山部赤人……149

色褪せない古歌……176
万葉植物現代名索引……180
参考文献……181

造本　鷺草デザイン事務所

凡例

一、本書に収録した「万葉歌」と「大意」は新日本古典文学大系『萬葉集』全四巻（一九九九年～二〇〇三年第一刷、岩波書店刊）に準拠した。
一、万葉植物名の配列は五十音順とした。
一、カラー図版のうち「118め・にきめ・わかめ」と「136をぎ」は省略した。
一、万葉植物名の解説の順番は番号、万葉植物名、万葉仮名、万葉植物現代名、科名、花期に配列した。
一、作者未詳の歌については特に明記をしなかった。

万葉

花のしおり

1 あかね

大伴《おほとも》の見つとは言はじあかねさし
照れる月夜《つくよ》に直《ただ》に逢へりとも（巻四・〇五六五）
賀茂女王《かものおほきみ》

安可祢・茜草・赤根・茜
アカネ　アカネ科　花期八～九月

◆大意　（大伴の）相見たとは言いますまい。（あかねさし）照りわたる月夜にじかに逢っていても。

◆万葉背景　集中十三首。賀茂女王は長屋王《ながやおう》の娘。「あかねさす」は茜色《あかねいろ》に映える空（実景）をイメージすることから、日や紫などの枕詞《まくらことば》に。ここでは照れる月夜にかかっています。

日の出前、東の空が赤く見える朝焼けや、夕方、日の入り時に西の空が染まる夕焼け現象があります。このことを気象学的には薄赤現象というそうです。まさに空の色が赤く「焼けたよう」という表現がピッタリです。太陽の光は、波長《はちょう》によって見える色が異なり、赤は長く青や紫は短いと学びました。空気中のチリや水蒸気など様々な分子の隙間《すきま》を通って、地球の私達の所まで到達し目に映ります。

「あかねさす」と表現した万葉人の感性に美意識を感じます。

漢名《かんめい》は茜草《せんそう》で、根は赤の染料になります。ここからアカ（赤）ネ（根）の名に。茜染にはアルカリの灰汁《あく》が必要です。

はな模様　アカネはアカネ科の蔓性《つるせい》多年草。山野に自生《じせい》し、根は太くひげ状で橙色《だいだいいろ》です。葉は四枚で輪生《りんせい》し、花は八～九月に見られます。

「けふ一日雨はれしかばゆふぐれてひむがし空にうす茜せる」
斎藤茂吉

1　あかね

2-1　あさがほ

2

あさがほ

朝顔は朝露負《お》ひて咲くといへど
夕影にこそ咲きまさりけれ　（巻十・二一〇四）

安佐我保・朝容皃・朝皃

キキョウ　キキョウ科　花期七～九月
ムクゲ　アオイ科　花期七～十月
アサガオ　ヒルガオ科　花期六～九月

◆大　意　朝顔は朝露を受けて咲くというが、夕方の光の中でこそ美しく咲き勝っていることよ。

◆万葉背景　万葉歌に詠《よ》まれている「あさがほ」は五首。「朝顔」は、日本に原生《げんせい》せず、奈良朝後期に遣唐使が（牽《けん》牛子《ごし》として）種子を薬物として持ち帰ったとする説があります。ちなみに、中国ではアサガオを牽牛《けんご》といい牽牛子（種子）は薬として利用。語源は、この薬の謝礼《しゃれい》に牛を牽《ひ》いていったことに由来します。

牽牛子渡来以前の花とし、ムクゲ説やヒルガオ説などの諸説がありますが、牧野富太郎氏のキキョウ説が最も有力とされています。

この歌の「夕影にこそ咲き勝れり」からは、たとえ、本物の朝顔が渡来していたとしても夕影ではなく朝に咲くであろうし、牽牛子が渡来したと思われるのが八九八年以降とされ、『万葉集』成立の時には未だ日本には入っ

2-2　あさがほ

てきていないとしています。巻十・二二七五の、言葉に出して言ったら憚《はばか》り多いので、朝顔のようには表面に咲き出ない恋をすることだなあ。と忍ぶ恋の歌にも歌われていますが、この歌の「穂には咲き出ぬ」は、ヒルガオやムクゲでなくキキョウなら一致するというものです。

『枕草子』に「草の花はなでしこ、唐のはさらなり、大和のもいとめでたし、をみなえし、桔梗《ききょう》。あさがほ。かるかや。菊。壺《つぼ》すみれ（略）」とあります。キキョウは、

2-3　あさがほ

キキョウ科の多年草です。涼しい高原などでは里より一足早く先に咲きます。丁度《ちょうど》お盆の頃に仏前に供えたことから、盆花とも言われてきました。

はな模様

現在、アサガオといえば教材として、夏休みに家へ持ち帰り観察した鉢花が思い出されますが、この花のルーツは意外と古く一七八〇年代から一八〇〇年にかけて、鉢《はち》栽培《さいばい》が普及《ふきゅう》します。このことで、「花合わせ」という新品種育成を楽しむ愛好者が、江戸や京・大阪と東海道を、アサガオ鉢を抱えて行き交《か》うようになり、次第に全国的な広がりをみせていきました。たった一種のアサガオから、このような広がりを見せたことは、園芸史上世界でも類例《るいれい》のない、日本が誇る育種《いくしゅ》の形だそうです。

アサガオの種類は大きくは、大輪《たいりん》アサガオと変化アサガオの二つに大別され、大輪では直径が二十四センチメートルの物も記録にあるそうです。

最近では、アサガオなどの植物が環境問題に一役買っています。研究によると、アサガオの葉は、光化学《こうかがく》オキシダントに敏感《びんかん》に反応することがわかり、各地のオキシダント探査《たんさ》に役立っているそうです。

「朝がほや一輪深き渕のいろ」　与謝蕪村

3　あし

難波《なには》人《ひと》葦《あし》火《ひ》焚《た》く屋のすしてあれど
己《おの》が妻こそ常《とこ》めづらしき（巻十一・二六五一）

安之・阿之・安志・蘆・葦・葭

アシ　イネ科　花期八〜十月

3　あし

◆大　意　難波人が葦火を焚く家の煤けているように、煤けてはいるけれども、自分の妻こそはいつまでも愛らしい。

◆万葉背景　難波はアシの多いことでも有名でした。『万葉集』には五十二首登場し、葦辺《あしべ》のほかに葦垣《あしがき》・葦火と、当時の生活に利用されていたことを知ることが出来ます。葦垣を詠んでいる歌に、「花細《はなぐは》し葦垣《あしかき》越しにただ一目相見《あひみ》し児ゆゑ千度《ちたび》嘆きつ」（巻十一・二五六五）花の美しい葦の垣根越しに、ただ一目見たあの子のせいで、幾度も幾度も嘆くばかりだ。があります。

アシが豊かに茂っている原「豊葦原《とよあしはら》」といえば、古代日本を表現したもの。『古事記』の「天地《あめつち》の初め」に出てくる宇摩志阿斯訶備比古遅神《うましあしかびひこぢのかみ》は、葦の芽に象徴された生命力、成長力の神格化《しんかくか》です。アシのよく茂《しげ》る国は、とりもなおさず穀物《こくもつ》が生育する国という意味であったようです。

後に、アシという呼び名は、「悪《あ》し」に通ずるとし、ヨシに変えられました。

「人間は考えるアシである」と言ったのはフランスの哲学者パスカルです。

はな模様　池や沼などの水湿地に生えるイネ科の多年草です。背丈《せたけ》は三メートル近くにまでもなります。八～十月にかけて花穂を出します。

「裏戸出でて見る物もなし寒む寒むと曇る日傾く枯葦の上に」

伊藤左千夫

4　あしび

磯《いそ》の上《うへ》に生《お》ふるあしびを手折《たを》らめど
見《み》すべき君がありといはなくに（巻二・〇一六六）

大来皇女《おほくのひめみこ》

安之婢・馬酔木・安志妣・馬酔

アシビ　ツツジ科　花期三～四月

◆大　意　岩のほとりに生えている馬酔木を手折りたいと思うが、見せてあげたいあなたがいるというのではないのに。

◆万葉背景　風貌逞《ふうぼうたくま》しく、言葉優《すぐ》れて朗《ほがら》かで才学あり、文筆を愛したという大津皇子《おおつのみこ》。その大津皇子を二上山《ふたかみやま》に移し葬《ほうむ》った時、姉の大来皇女が哀咽《あいえつ》して詠んだといわれる歌のうちの一首です。

天武《てんむ》天皇には十人の皇子と七人の皇女がおり、皇位継《こういけい》承《しょう》が問題になっていました。中でも、皇后鸕野讃良《うののさらら》皇女を母とする草壁皇子《くさかべのみこ》と大田皇女を母とする大津皇子は、陰謀《いんぼう》に巻き込まれることになります。大津皇子は、父・天武天皇の死からひと月もたたずに、謀反《むほん》のかどで捕らえられ、たった一日で刑死させられます。この歌には、皇位継承を狙《ねら》う鵜野皇后の息子を思う執着《しゅうちゃく》が、将来ある

4　あしび

青年の貴重な命をも絶ったという背景があります。アシビは葉や木の部分に、有毒成分のアセボトキシンがあり、牛や馬がこの枝や葉を食べると足が酔ったようにふらつくことから、「足しびれ」が縮んで「アシビ」になったといわれています。集中十首詠われています。

葉を煮出した汁は、害虫駆除《くじょ》や汲み取り式便所のウジ虫殺しに用います。

はな模様　山地や丘陵《きゅうりょう》地《ち》の雑木林に自生するアシビはツツジ科の常緑低木。やや陰樹性もあり、大木のしたでも生育します。つぼみを早々と秋につけ越冬《えっとう》し、三月から四月にかけて開花します。花はスズランに似て下向きに咲きます。

「雪霜のとざしを出でて春山にあしびの花のさくをはや見む」

伊藤左千夫

5

あぢさゐ

言問《こと》はぬ木すらあぢさゐ諸弟《もろと》らが
練《ね》りのむらとに詐《あざむ》かれけり
(巻四・〇七七三)
大伴《おほともの》家持《やかもち》

安治佐為・味狭藍
アジサイ　ユキノシタ科
花期六〜七月

◆大　意　もの言わぬ木でも紫陽花のような七重八重咲くものがある。諸弟めの美辞麗句にまんまとだまされてしまった。

◆万葉背景　アジサイを詠んだとみえる歌は、万葉集の編《へん》纂《さん》にも関わったとされる人物の橘諸兄《たちばなのもろえ》の巻二十・四四四八と集中二首。語源は、真の藍色《あいいろ》が集まり咲く「集《あ》真《づ》藍《さい》」に由来。

万葉では、移ろう色と咲きざまに注目しています。

オランダ商館付きの医者として長崎に着任したシーボルトが、日本の夫人お滝さんを偲《しの》んで、学名に「オタクサ」と命名したことでも知られています。

はな模様　アジサイはユキノシタ科アジサイ属の落葉低木です。梅雨時に咲くことから梅雨花ともいわれ、雨の似合う花の代表格です。アジサイの花の色が変化するのは、土壌《どじょう》の

5　あじさゐ

酸性度によるものとされています。酸性土壌では青、アルカリ性土壌では赤に。土壌中の窒素《ちっそ》量やカリ量などでも色が変わるようです。

アジサイは日本原産のガクアジサイを母種として生まれた園芸植物です。

生け花にしたい時の水揚げには酢酸《さくさん》液に浸《ひた》すとよいようです。

アジサイの花を乾燥して解熱剤に用いたり、若葉を乾燥して揉《も》み、ご飯のふりかけにする地域もあるそうです。

「すれすれに夕紫陽花に来て触る黒き揚羽蝶の髭《ひげ》大いなる」

北原白秋

6 あづさ

安豆左・安都佐・梓

ヨグソミネバリ　カバノキ科

花期七月頃

梓弓《あづさゆみ》末の原野《はらの》に鳥狩《とがり》する
君が弓弦《ゆづる》の絶えむと思《おも》へや　（巻十一・二六三八）

◆大　意　（梓弓）末の原野で鷹狩をするあなたの弓の弦のように、絶えようなどと思うだろうか。

◆万葉背景　集中三十三首ありますが、植物としてではなくすべて「梓弓」として登場します。「梓弓引きみ緩《ゆる》へみ来《こ》ずは来《こ》ず来《こ》ば来《こ》そをなぞ来《こ》ずは来《こ》ばそを」（巻十一・二六四〇）のように、「引く」や「音」「張る」などの枕詞として使われ、弓を引いたり緩《ゆる》めたりする比喩《ひゆ》を用い、来ないなら来ない、来るなら来るとやきもきする女ごころの表現もリズミカルです。

古来、ケヤキ、ツゲ、マユミ、ヤマハゼ、ヨグソミネバリなどが弓材として使われていたようです。

正倉院御物に、丸木弓が残っています。

奈良県吉野には「ハヅサ」と呼ばれている木がありますが、これは「あづさ」の転化《てんか》したものではとの説があります。

はな模様　梓弓の「あづさ」については、キササゲ、アカメガシワ、ヨグソミネバリなどの説がありますが、アズサはカバノキ科の植物です。

「梓弓春の山辺をこえくれば道もさりあへず花ぞちりける」

つらゆき『古今和歌集』

6　あづさ

7 あは

足柄《あしがら》の箱根の山に粟蒔《あはま》きて実《み》とはなれるを
逢はなくも怪し（巻十四・三三六四）

安波・粟
アワ　イネ科　花期八〜九月

◆大　意　足柄の箱根の山に粟を蒔いて、確かに実とはなったのに、粟がないのは、つまり逢わないのは変なことだ。

◆万葉背景　集中五首詠まれています。当時、私墾田《しこんでん》は税の対象にならなかったという背景があり、箱根のような山地でも開拓《かいたく》することがあったとあります。神さまの社《やしろ》さえなかったら春日野に粟を蒔きましょうものを（巻三・〇四〇四）にも同じような背景をみることができます。

　五穀の一つである「粟」の誕生を、『古事記』の中の「殺された大宜津比売神《おほげつひめのかみ》の二つの耳に粟が生えた」に見ることができます。『古事記』を理解するキーワードに「ムスヒ」がありますが、「ムス」は物の生成するのをいい、「ヒ」は霊力で、生命の根源的な力だと説きます。これには植物が生成するのも含まれています。

はな模様

アワは、イネ科の作物です。乾燥した風土に適し、中国北部地域などで栽培されてきました。夏から秋にかけて茎の先から穂が出て、小花をたくさんつけます。

「粟の穂のいろに日映る松山の立てる方より秋風ぞ吹く」
与謝野晶子

8 あふち

玉に貫《ぬ》く棟《あふち》を家に植ゑたらば
山ほととぎす離《か》れず来《こ》むかも （巻十七・三九一〇）

大伴書持《ふみもち》

阿布知・安布知・安不知・相市

センダン　センダン科　花期五～六月

◆大　意　玉に通す棟を家の庭に植えてあったら、山ホトトギスは毎日来るだろうか。

◆万葉背景　この歌は四月二日に、家持の弟である書持が、奈良の家から、家持に贈った歌と記されています。集中四首出てきます。

「あふち」はセンダンの古名です。センダンは香りが高く、「玉」とは、花を糸に通し薬玉《くすだま》にしたものをさし、邪気《じゃき》を避けるとしておまじないにされました。

正倉院御物で知られる名香に、香木の黄熟香《おうじゅくこう》（別称・蘭奢待《らんじゃたい》）があります。この蘭奢待の雅号《がごう》の中に、東大寺の三文字が隠れています。

「梅檀《せんだん》は双葉より芳《かんば》し」といわれるのはビャクダン（白檀）の方をさします。この出典は、インドの観仏三昧《かんぶつざんまい》経《きょう》という古い仏典の説話です。ビャクダンが日本へ伝え

られたのは、五五一年仏教伝来の頃とされています。
科学的には、この芳香があるのは成木の白い心材で、双葉にあるのは疑問だとする説があります。

はな模様 センダンはセンダン科の落葉高木で我が国をはじめ、アジア各地の暖地の海辺に自生しています。春に葉の付け根に淡い紫色の花をつけます。樹皮は駆虫剤《くちゅうざい》になります。この木は成長すると枝葉が繁《しげ》り、周囲を隠すのに好都合であるからなどの理由で中世には刑場に植えられました。

「雨の中に散るははかなき楝の葉いにしへ人も見たりしや否や」　土屋文明

9 あふひ

梨棗《なしなつめ》 黍《きみ》に粟《あは》次ぎ延《は》ふ葛《くず》の
後《のち》にも逢はむと葵《あふひ》 花咲く （巻十六・三八三四）

葵
タチアオイ　アオイ科　花期六～八月
フユアオイ　アオイ科　花期春～秋

◆**大　意**　梨と棗、黍―君に逢う粟が続いて、（延ふ葛の）後も逢おうと逢う日の葵の花が咲く。

◆**万葉背景**　梨棗黍粟と秋八月の食用植物が季節順に並びます。集中一首です。
黍は「君」に、延ふ田葛を「後」に、葵を「逢う日」

にと、技巧《ぎこう》を凝《こ》らした掛詞《かけことば》ラッシュです。

万葉の「あふひ」の花はフユアオイをさし、向日性の花で「日を仰ぐ」から「あふひ」になったようです。フユアオイは野菜として中国から渡来しましたが、往時は薬用植物として栽培され、利尿薬《りにょうやく》としたそうです。

タチアオイは、原産地をギリシャなどとされています。シルクロードを通り、中国（漢名・蜀葵）へ渡ります。唐時代に起こった花鳥図は宋代に盛んになります。花鳥を愛好する宋人は写生を好んで重視していきます。その優れた観察力を、多くの絵画の中にみることができます。日本へは、平安時代には渡来していたようです。カラアオイをタチアオイとする説もあります。

葵のご紋として知られる徳川家の家紋はフタバアオイです。葵祭の名で親しまれている「賀茂祭」に鬘《かずら》として用いられています。

はな模様 アオイ科の総称です。温帯や熱帯に育つ双子葉植物で、帰化植物といわれています。

タチアオイは元来、宿根草でしたが、現代に育種が進み、一年草として改良され大輪を咲かせてくれます。

「君とわれ葵に似たる水くさの花のうへなる橋に涼みぬ」

与謝野晶子

10 あべたちばな

我妹子《わぎもこ》に逢はず久しもうまし物

阿《あ》倍《へ》橘《たちばな》のこけ生《む》すまでに（巻十一・二七五〇）

阿倍橘

ダイダイ　ミカン科　花期五～六月

◆大意　愛する恋人に逢わなくなって久しいことだ。（うまし物）阿倍橘の木に苔が生えるまでも。

◆万葉背景　集中この一首のみです。

この歌が収録されている項には「寄物陳思《きぶっちんし》」と題がついています。それぞれの歌が、物に寄せて思いを述べています。こけ生すほども永い間、逢うことができないとしたら、どんどん年老いてしまいそうです。

「安倍」を産地名などとし、「橘」と別と考える説と、「阿倍橘」という植物説があります。

「うまし物阿倍橘」から食用となる植物であろうとし、橙の中のクネンポ説に支持が多いようです。クネンポは漢名で「橘」とし、渡来したものではないかといわれています。

はな模様 クネンポは、果実の名前で柑橘類《かんきつるい》の一つです。ミカン科みかん属の常緑低木でインドネシアやタイが原産です。

葉はミカンに似て大きく、初夏に良い香りのする白い五弁の花をつけます。実はユズほどの大きさで秋に熟し、甘みもあるようです。

「いかなればあべたちばなのにほふかにうすきたもともすずしかるらん」
藤原家良『夫木和歌抄』

10　あべたちばな

11

あやめぐさ

ほととぎす今来《き》鳴《な》きそむあやめ草《ぐさ》
かづらくまでに離《か》るる日あらめや
（巻十九・四一七五）

安夜売具左・安夜女具佐・菖蒲・蒲

ショウブ　サトイモ科　花期五〜六月
ノハナショウブ　アヤメ科
花期五〜六月

◆大　意　ホトトギスは今来て鳴き始めた。あやめ草を鬘にするまでにここを離れてしまう日があろうものか。

◆万葉背景　「あやめぐさ」は十二首に詠まれていますが、そのうち十一首がホトトギスを、八首が髪飾りのカヅラを、そして九首が家持の詠んだ歌となっています。ここで詠まれている「あやめぐさ」はショウブ（サトイモ科）の古語です。

古代の五月五日は、健康を願う「薬狩り」の日でした。（「かきつはた」の項参照）この日に付けるかづらです。

中国から伝わった「端午《たんご》の節句《せっく》」は、菖蒲《しょうぶ》の茎《くき》に鬼の嫌いな臭いがあるとされ、いたずらを好む鬼が菖蒲の裏に隠れると、閉口して逃げ出すことから、「特別魔《ま》よけの行事」として伝えられてきました。

はな模様　アヤメ科は葉に特徴があり、まっすぐ伸びた葉は表裏の

11-1　あやめぐさ

区別がないこと。現在の「ハナショウブ」は、ジャパニーズ・アイリスことアヤメ科です。原種は「ノハナショウブ」で、園芸化したものの一般総称として使われています。「ハナショウブが咲き始めたら田植えをしよう」と、稲作にとって大切な季節の使者としても親しまれてきました。日本全土で見られ花期は五〜六月です。

山野に生える多年草のアヤメをはじめ、湿原を好むカキツバタ、深山や高層湿原に生えるヒオウギアヤメ、渡来栽培種《さいばいしゅ》のキショウブもアヤメ科です。

「ほとゝぎす鳴くやさ月のあやめ草　あやめも知らぬ恋もするかな」

『古今和歌集』

11-2　あやめぐさ

12 あをな

食薦《すごも》敷き蔓菁《あをな》煮《に》持《も》ち来《こ》梁《うつはり》に
行縢《むかばき》掛けて休むこの君（巻十六・三八二五）
長意吉麻呂《ながのおきまろ》

蔓菁
カブ　アブラナ科　花期　春

◆大　意　食薦を敷いて青菜を煮てもって来い。梁にむかばきを懸けて休むこの君のもとに。

◆万葉背景　集中一首です。題詞に、「行縢《むかばき》、蔓菁《あをな》、食薦《すごも》、屋梁《うつはり》を詠む歌」とあります。宴席《えんせき》の即興歌《そっきょうか》です。

むかばきは、狩りや旅の騎馬《きば》する際に足を包んだ毛皮のこと。蔓菁は青い菜の総称で、根茎《こんけい》をカブラといい、あをなに含まれていたようです。

他に、雄略天皇《ゆうりゃくてんのう》が詠んだ初めの歌の中に出てくる「菜」（巻一・一）や、山部赤人《やまべのあかひと》の代表作ともいわれる歌に出てくる「春菜」（巻八・一四二七）や、「若菜」などがあります。

こうした若菜には、冬の間に不足がちだったビタミン補給など、薬のもつ役割を果たしていたと思われます。「薬狩り」といわれる所以《ゆえん》です。

12　あをな

「かやくご飯」の語源は、当時の日常食だったアワやヒエなどの五穀に、摘《つ》んだ若菜（薬）を加えた「加薬」からきています。

はな模様　カブはアブラナ科の根菜《こんさい》です。現在は野菜として栽培されています。肉厚な球形の真っ白い肌と瑞々《みずみず》しさが売り物です。

「聖護院《しょうごいん》かぶら」といえば、京都名産の千枚漬の素材として知られています。

「霜あれし土に覆の苫たててささやかに萌えし青菜をかこふ」
土屋文明

13

いちし

道の辺《へ》のいちしの花のいちしろく
人皆知りぬ我《あ》が恋妻は（巻十一・二四八〇）
柿本人麻呂《かきのもとのひとまろ》歌集

壱師
ギシギシ　タデ科　花期六〜八月
ヒガンバナ　ヒガンバナ科　花期九月

◆大意　道ばたのいちしの花のようにいちしろく、人は皆知ってしまった。私の恋妻は。

◆万葉背景　集中一首です。「いちし」は具体的に何をさすのかは確定していません。タデ科のギシギシ説や白い花をつける落葉高木のエゴノキ説があります。『万葉集』の研究で「色」に詳しい中西進氏は花は未詳とした上で、「いちしろく」を「いちじるしく」としています。このように理解すると、白にこだわらなくてもよく、はっきりとした色のヒガンバナ説も有力になります。

　ヒガンバナの原産地は中国ですが、日本では、秋の彼《ひ》岸《がん》になると鮮《あざ》やかな朱赤の花をつけるのでこの名がつき、曼珠沙華《まんじゅしゃげ》ともいわれるようになりました。曼珠沙華は法《ほ》華経《けきょう》に由来し、美を称えています。漢名の石蒜《せきさん》は、根がニンニクに似ていることからだそうです。梵語《ぼんご》では天上の華をさします。

はな模様　ヒガンバナはヒガンバナ科ヒガンバナ属の多年草です。球根は有毒です。道の辺や田のアゼに多くみられますが、昔はモグラや野ネズミから畑を守るために周辺に植えられたからではないかともいわれています。この花には地域によって呼び名が異なるほどに別名も多く、その数は数百とも千あるともいわれています。鱗茎《りんけい》の澱粉《でんぷん》からは良質な糊ができ、ふすまや屏風《びょうぶ》などの表具《ひょうぐ》に使われました。粉末は虫除けになります。

「曼珠沙華の花あかあかと咲くところ牛と人との影通りをる」
北原白秋

13-1　いちし

13-2　いちし

コラム「万葉の歌人たち」

❶ 官能的な才女「石川郎女」

大津皇子は、威儀高く風貌は大きく、「音《み》辞《ことば》俊《すぐ》れて朗《あきらか》なり。（略）才学《かど》有《ま》す。尤《もと》も文筆《ふみつくること》を愛《この》みたまふ。詩《し》賦《ふ》の興《おこり》、大津よりはじまれり」（『日本書紀』巻第三十）とあり、想像するにかなりのいい男です。

その彼の心をとりこにし「長い時間あなたを待っていたので、山のしずくに濡れてしまった」（巻二・〇一〇七）と贈った相手が「石川郎女《いしかはのいらつめ》」です。「あなたがお濡れになったそのしずくになれるものなら」（巻二・〇一〇八）と返歌します。ただのしづくではなく「あなたが濡れたしずく」です。なんとも男心がくすぐられそうな返事です。恋も皇位もライバル同士と言われた草壁皇子も惚れた女性です。

その彼女、大伴田主（大伴旅人の弟）には、自らアタックするような顕示欲の強い歌を贈っています。植物のアシも彼女に掛かると「噂どうりね。葦のようになよなよと足を引きずってらしたあなた、ご養生なさいな」（巻二・〇一二八）となるのです。この石川郎女は、才気もあり、男を悩ます官能的な魅力も持ちあわせていたと言えそうです。

彼女の生没年など詳しいことは分かっていません。

14

いちひ

いとこ 汝背《なせ》の君（略）あしひきの この片山に
二つ立つ 櫟《いちひ》が本《もと》に 梓弓《あづさゆみ》 八《や》つ手挟《たばさ》み ひめ鏑《かぶら》
八《や》つ手挟《たばさ》み 鹿《しし》待つと（略）
（巻十六・三八八五）

伊智比
イチイガシ　ブナ科　花期四～五月

◆大意　いとしい人、我が背の君が、（略）（あしひきの）この片山に、二本立つ櫟の木の下に、梓弓を八張手に持ち、ひめ鏑の矢を八本手に持って、鹿を待つために私がいる時に、牡鹿が来て立ったまま嘆いていうことには、たちまち私は死んでしまうでしょう。大君に私はお仕えいたしましょう。私の角は御笠の飾り、私の耳は御墨壺、私の目は澄んだ鏡、私の爪は御弓の弓《ゆ》弭《はず》、私の毛は御筆の料（略）老い果てた私の身一つに、七重にも花が咲く、八重にも花が咲くと申し上げて誉めそやして下さい。申し上げて誉めそやしてください。

◆万葉背景　集中一首です。この歌は、乞食者《ほかひびと》が人の戸口に立って食を乞う寿歌《はがいうた》です。

鹿のために痛みを述べて作ったものです。動物ですら喜んで身を捧げることから、天皇に献身的にお仕えするという忠誠心《ちゅうせいしん》を述べています。

はな模様　イチイはイチイガシのことで、ブナ科の常緑高木です。暖地に育ち、高さは三十メートルにもなります。四～五月に穂状の花をつけます。アララギはイチイの異称です。

「墓のべにあららぎの木を植ゑむとて涙ながして語る友はや」
斎藤茂吉

14 いちひ

15 いね

稲《いね》搗《つ》けばかがる我《あ》が手を今夜《こよひ》もか
殿の若子《わくご》が取りて嘆かむ（巻十四・三四五九）

伊袮・伊奈・稲
イネ　イネ科　花期八～九月
アカマイ　イネ科　花期八～九月

◆大　意　稲を搗いてあかぎれのできた私の手を、今夜もお邸の若君が取って、かわいそうにと嘆くだろうか。

◆万葉背景　弥生時代に朝鮮から伝わった水田稲作は、日本の風土に合い、瞬く間に日本全土に広がって行きます。集中、早稲、苗、穂、田など六十一首でできますが、ハギ、マツなどに続いて八番目に多く詠まれています。

『日本霊異記』の説話に、稲舂女《いなつきめ》と呼ばれた女性が出てきます。かなりの重労働である「きね」で米をつくというのは女性の仕事でした。法律では男社会が建前の奈良時代ですが、家の中では豪族の妻が稲舂女を指揮する権限をもっていたことがわかります。この歌からは、稲をついて、あかぎれを切らしている様子がうかがえます。稲は籾のまま貯蔵し、杵と臼で精白しました。

はな模様　イネはイネ科の一年草です。

実るほど頭を垂れる稲穂かな。イネは、命をつないでくれるだけでなく教えられることばかりです。

「あしたより鎌入るるおとの田にきこゆ霧うごかして稲を刈るひと」
中村憲吉

16 いはゐつら

伊波為都良
スベリヒユ　スベリヒユ科
花期七～九月

入間《いりま》道《ぢ》の大屋《おほや》が原《はら》のいはゐつら
引かばぬるぬる我《わ》にな絶えそね
（巻十四・三三七八）

16　いはゐつら

◆大　意　入間道の大屋が原のイワイツラが、引いたらずるずると抜けるように、するすると従順に付いてきて私と絶えないでくれ。

◆万葉背景　集中二首あり、共に東歌《あづまうた》です。入間道は、武蔵国入間郡（今の埼玉県）にあたります。

「引かばぬるぬる」の引くには「誘う」、「ぬる」はほどける意の動詞ですが、「寝る」が懸けられています。

いはゐつらは、這《は》い蔓《つる》、蔓草《つるくさ》、水馬歯《みずはこべ》、蓴菜《じゅんさい》、馬歯莧《すべりひゆ》など多説があり、これといった確証も少ないようです。

ミズハコベは沼地などの水中に生える多年草で、葉がハコベに似ているところからの名のようです。

ここではスベリヒユをあげてみました。

はな模様　スベリヒユは畑や道端に生えるスベリヒユ科スベルヒユ属の一年草です。葉は肉質で滑らか故とか、茎や葉が食用になり、茹でるとヌメリがでるからスベリの名がついたといわれています。乾燥に強く七～九月に、黄色の五弁花を次々と咲かせます。

「波の来るしばしの間耕してすべりひゆの朱の茎のこりたり」
土屋文明

17 うけら

宇家良

オケラ　キク科　花期九〜十月頃

恋しけば袖も振らむを武蔵野《むざしの》の
うけらが花の色に出《づ》なゆめ　（巻十四・三三七六）

◆大　意　恋しかったら袖だけでも振ろうと思うので、武蔵野のおけらの花のように、顔には出さないでください、決して。

◆万葉背景　『万葉集』に詠われるうけらの花は「色に出なゆめ」など、目立たないうけらの花のように顔色に出すなという相聞《そうもん》歌《か》の形容に使われています。「うけら」は「おけら」の古形です。集中三首、東歌にあります。

大晦日《おおみそか》から元旦にかけて、京都の八坂神社《やさかじんじゃ》に伝わる神事があります。前夜から参籠潔斎《さんろうけっさい》した権宮司《ごんぐうじ》が、ヒノキの火鑽杵《ひきりぎね》、火鑽臼《ひきりうす》で浄火《じょうか》を鑽《き》り出し、「をけら灯篭」に移します。その「をけら火」を火縄にうけ持ち帰り、神棚の灯明《とうみょう》に灯《とも》したり、雑煮《ぞうに》を炊《た》く火に用いるなどして新年を祝う「おけら詣り」として有名です。

また、うけらは薬草としても知られ、元旦の朝に、家族の一年の健康を願って飲むお屠蘇《とそ》の「屠蘇散《とそさん》」の原料の一

17　うけら

つに入っています。

「屠蘇」は正式には延寿屠蘇散といい、華陀という中国、三国時代の漢方医が、白朮《びゃくじゅつ》、山椒《さんしょう》、防風《ぼうふう》、桂皮《けいひ》、桔梗、細辛《さいしん》などの薬草を調合し、酒に浸して飲んだのが始まりといわれています。邪気を屠《ほふ》り、魂を蘇《よみがえ》らせるという意味で屠蘇と名付けられました。日本では平安時代に唐から伝わり、嵯峨天皇に霊薬として献上したのが始まりといわれています。

はな模様 オケラはキク科の多年草です。日当たりの良い山地に自生し、九～十月頃につける白い花が一般的です。

「露霜にすがれはてたる草むらにうけらの花のほのぼのとして」　土屋文明

18 うのはな

宇能波奈・宇乃花・宇能花・于花

ウツギ　ユキノシタ科
花期四～五月頃

ほととぎす鳴く峰《を》の上《うへ》の卯《う》の花の
憂きことあれや君が来まさぬ（巻八・一五〇一）

◆**大　意**　ホトトギスが鳴く山の尾根の卯の花の、心憂きことがあるのだろうか、君がお出でにならないのは。

◆**万葉背景**　古代の結婚形態は、男性が女性のもとへ訪れ

18　うのはな

るという妻問《つまど》い婚です。子供が授《さず》かると、妻の実家で子育てをするのが常でした。

集中二十四首あります。

卯の花は「空木《うつぎ》」のことで、幹の中が空で空ろな木の意からこの名があります。別名として、かつて旧暦の四月を卯月といい、この頃に咲くので、「卯の花」と名づけられたといいます。卯の花が咲く季節なので卯月といったという説もあります。その多くは、ホトトギスとセットで詠まれています。

初夏を告げるこの花が、垣根《かきね》に植えられていたこともわかりました。またこの花が咲く年は豊作のいい伝えがあります。

はな模様　ユキノシタ科ウツギ属の落葉低木であるウツギの花のことです。日本原産です。四～五月頃に白い五弁の花を咲かせます。ウツギは種類が豊富で、「匂う垣根の」とうたわれた花の香りですが、中には、悪臭を放つものもあるようです。

「鈴鹿山空木花咲きしづかなり飛びつつし思ふ夏ふかみけり」　北原白秋

19 うはぎ

春日野《かすがの》に煙立つ見ゆ娘子《おとめ》らし
春野《はるの》のうはぎ摘みて煮らしも（巻十・一八七九）
柿本人麻呂

宇波疑・菟芽子
ヨメナ　キク科　花期七～十月

◆大　意　春日野に煙が立つのが見える。乙女たちが春野のうはぎを摘んで煮ているらしい。

◆万葉背景　集中二首にみえます。
春日野は奈良市の東部、春日山麓《かすがさんろく》一帯の広々とした野です。なんとものんびりとした万葉時代の風景が伝わってきますが、今の春日野も、鹿の遊ぶ姿や、時たま、静かに絵筆をとる人をみかけたりと、ゆったりとした時間が過ぎていく空間です。

「うはぎ」とは、ヨメナのことで、万葉の時代には、春の若芽が食用とされたようです。

題には「煙を詠む」とありますから、羹《あつもの》を煮る焚き火の煙を詠んでいます。「羹」は野菜などを煮た熱い汁のことです。巻十六・三七九〇の「昔翁《おきな》ありき」ではじまる序に、竹取の翁が羹を煮ている九人の女子に出会うという

19　うはぎ

くだりにもでてきます。

「煮炊き」については、古墳時代になると据付《すえつけ》の「かまど」がつくられるようになるそうです。平城京跡からは移動式のカマドがみつかっています。

はな模様　ヨメナはキク科の多年草。道端や田の畦道《あぜみち》などに自生しています。七～十月にかけて淡い紫色の花をつけます。季語《きご》は秋になります。

「由良川の霧飛ぶ岸の草むらに嫁菜《よめな》が花はあざやかに見ゆ」

長塚節

20
うまら

宇万良

イバラ　バラ科　花期五～六月頃

道の辺《へ》の茨《うまら》の末《うれ》に延《は》ほ豆の
からまる君をはがれか行かむ（巻二十・四三五二）

丈部鳥《はせつかべのとり》

◆大　意　道のほとりの茨の枝先にからみつく豆の蔓のように、まとわりつく君から引き離されて行くことだろうか。

◆万葉背景　集中一首。「うばら」を「うまら」といい、男性から妻を「君」と呼ぶのは関東地方の言葉の特徴でしょうか。「うまら」は「いばら」の古語。

中国の五代後蜀の時代にもすでにバラ（コウシンバラ・長春）が描かれていたと伝えられています。日本の雪舟（一四二〇～一五〇六）の「花鳥図《かちょうず》屏風《びょうぶ》」にもコウシンバラが描かれています。

バラの花は、園芸植物のなかで最も古い歴史があるといわれています。十九世紀には、「花の女王」と称えられた華やかで香り高い古典のオールドローズがあります。イギリスの育種家デビッド・オースチンがこの花には無かった黄色に着目し、モダンローズを交配して、やわらかいクリームピンクなどの多くのイングリッシュローズを生みだしました。栽培のしやすさも手伝って一躍《いちやく》人気となっていきます。

はな模様

イバラは、トゲのある野生のバラ属の総称です。野薔薇《のいばら》は、山野に生え、五～六月頃に、小さく白い花を咲かせます。茨垣《いばらがき》は、カラタチやバラでつくった垣根をいい、「茨の道」とは人生の苦難を例えて使います。

「恋人の涙に似たる香をたててうばら咲く日となりぬ武蔵野」
与謝野晶子

うめ

梅の花しだり柳に折り交《まじ》へ
花にまつらば君に逢はむかも（巻十・一九〇四）

宇米・有米・汗米・烏梅・宇梅・干梅・梅
ウメ　バラ科　花期一～三月

◆大　意　梅の花をしだれ柳に折り交ぜて、お花として御仏に供えたら君に逢えるだろうか。

◆万葉背景　「はぎ」に次いで多く、百十九首に詠まれています。唐の時代には、冬の寒さにもめげず、百花に先駆《さきが》けて香気高い花をつけるところから、潔白《けっぱく》・貞節《ていせつ》を表し、松、竹とともに愛され、花を見る観梅の習慣が生まれました。

『万葉集』でも、「うめ」とウグイス、雪、月などが一緒に詠まれています。

天平二年（七三〇）正月十三日、筑紫の大伴旅人の邸宅で催された観梅の宴で、詠みあった「梅花の歌三十二首」があります。

大伴坂上郎女《おおとものさかのうえのいらつめ》が詠んだ「酒坏《さかづき》に梅の花浮かべ思ふどち飲みての後《のち》は散りぬともよし」（巻八・一六五六）酒坏に梅の花を浮かべ、親しいもの同士で飲んだあとは、散ってしまってもよい。があります。

「うめ」の語源は「熟れる実」の転化説、薬として中国から入って来た時の「烏梅《うばい》」のウメイの音が「うめ」になったとする説があります。梅の字に見える「毎」は、豊かな髪の成熟した女性を描いた象形文字です。

はな模様　ウメはバラ科サクラ属の落葉低木です。一～三月、葉が出る前に花をつけます。萌芽力《ほうがりょく》が旺盛《おうせい》で、枝の混み過ぎは発育を妨げます。品種も数百と多く、それぞれに楽しめますが、香りは白梅が強いようです。

「梅が香にのっと日の出る山路かな」　松尾芭蕉

22　うも

蓮葉《はちすば》はかくこそあるもの意吉麻呂《おきまろ》が
家なるものは芋《うも》の葉にあらし
（巻十六・三八二六）
長意吉麻呂《ながのおきまろ》

宇毛
サトイモ　サトイモ科　花期八月

◆大　意　蓮葉とはこんなものなのだ。私、意吉麻呂の家にあるのは芋の葉であるらしい。

◆万葉背景　集中一首。宴席で、食物を盛る見事な蓮葉を見て、我が家の妻は「芋」とおどけたのでしょうか。

「うも」は「芋」のことです。芋は「山の芋」に対してここでは「家の芋」（今のサトイモ）があります。葉がハスの葉に似ているのですね。謙遜《けんそん》もすぎると、おいしい芋に悪い気がしますが。

『徒然草《つれづれぐさ》』には、芋好きの高僧の話がでてきます。講義はいつも膝元《ひざもと》に芋を置いて食べながらし、病気になっても、たらふく食べ治す。師匠から譲り受けた坊も芋にかえて、食べ尽くしたとあります。

すでに芋を作って食べていたことがわかります。

はな模様　サトイモのことで、秋に収穫します。熱帯アジアの原産とされています。糖質と澱粉《でんぷん》がほとんどでビタミン類はわずかです。お月見の頃からおいしくなるといわれ、中《ちゅう》秋《しゅう》の名月には、ススキや団子、サトイモなどを添《そ》えてお月見をします。この行事は、サトイモの初物《はつもの》を祝う収穫祭でもあったようです。葉の柄のような部分がズイキ、芋ともに食用です。

23 うり

瓜《うり》食《は》めば　子ども思ほゆ　栗《くり》食めば
まして偲《しぬ》はゆ　いづくより　来《き》たりしものそ
まなかひに　もとなかかりて　安眠《やすい》しなさぬ
（巻五・〇八〇二）山上憶良《やまのうえのおくら》

宇利
マクワウリ　ウリ科　花期六～七月

◆大　意　瓜を食べると子どものことが思われる。栗を食べるとまして偲ばれる。いったい何処からやってきたのか、その面影が目の前にむやみにちらついて、安らかに眠らせてくれない。

◆万葉背景　集中一首。この反歌《はんか》に、どんな財宝も子という宝には及ばないと詠った「銀《しろかね》も金《くがね》も玉も何せむに優《まさ》れる宝子にしかめやも」（巻五・〇八〇三）が控えています。

憶良といえば、これらの子供を詠った愛の歌に加え、貧窮《ひんきゅう》や病、老いや死といった人生の悲痛さも詠っています。

はな模様　ウリは現在のマクワウリのこと。夏の甘く冷えたマクワウリはスイカと並んで風物詩になります。インド原産で、起源は古く、エジプト、ギリシャ、ローマへと渡り南欧へ。日本へは古代にすでにインドから中国ルートで渡来します。岐阜県の真桑村が良質のマクワウリを栽培したことから、ウリに地名がついて呼ばれるそうです。

「瓜むくと幼き時ゆせしがごと堅さに割かば尚うまからむ」
長塚節

23　うり

24　おほゐぐさ

於保為具左
フトイ　カヤツリグサ科
花期八〜十月

上野伊奈良《いなら》の沼《ぬま》の大藺草《おほゐぐさ》
よそに見しよは今こそまされ（巻十四・三四一七）
柿本人麻呂歌集

◆大　意　上野の伊奈良の沼の大藺草のように、よそながら見ていた時よりも、今の方が思いはまさっている。

◆万葉背景　集中一首です。上野伊奈良の沼の所在はどこか分かっていません。

太藺《ふとい》は、太くて大きい藺《い》です。イグサに似ていますがイグサではないようです。

それを刈り取って筵《むしろ》にしました。生えている時の鑑賞よりも、刈って筵に織った時のほうが優れているのが「おほゐぐさ」だそうです。

人麻呂が、そのあたりを知ってか妻を愛でる比喩《ひゆ》に用いるあたりが微笑ましく思われます。

はな模様　フトイは、カヤツリグサ科の多年草です。池や沼などの水に浸かりながら群生します。茎は細長い円柱形で、高さは二メートルにもなります。花期は八〜十月。茎の頂《いただき》に、淡《あわ》い黄褐色《おうかっしょく》の小穂をつけ、日本全土で見られます。今では水田栽培され、生け花用の花材にも使われています。園芸種の「しまつくも」「だんつくも」は、茎も細く小形で、茎には黄色の縞《しま》が入り美しいものです。

「みづのべの太藺むらだついきほひを哀ともふに秋ふかむめり」
斉藤茂吉

24-1　おほゐぐさ

24-2　おほゐぐさ

25 おもひぐさ

道の辺《へ》の尾花が下《した》の思《おも》ひ草《ぐさ》
今さらさらに何か思はむ（巻十・二二七〇）

思草
ナンバンギセル　ハマウツボ科
花期八～九月頃
リンドウ　リンドウ科
花期九～十一月

◆大　意　道端の尾花の陰の思い草のように、今更に何を思い迷おうか。

◆万葉背景　集中一首です。リンドウ、ツユクサ、オミナエシなどの説があり未詳《みしょう》です。名は物思いするような花の形から連想され、ついたと思われます。この歌から、尾花の下で生えていたことがわかります。

ここでは通説とされているナンバンギセルをとりあげてみます。

はな模様　ナンバンギセルは、ハマウツボ科ナンバンギセル属の寄生植物です。主に、ススキやミョウガ、サトウキビなどの根に寄生します。

ナンバンキセルとはマドロスパイプのことです。花柱から曲がった花をつけるところから、その様子が、丁度このパイプの雁首《がんくび》部分のようだと、花を見立てています。花期は八～九月頃。日本全土でみることができます。花冠は紅色ががったピンク色です。

25-1　おもひぐさ

25-2　おもひぐさ

子房《しぼう》は舟形のガクに包まれたまま発育して果実となります。

「月明や尾花が下の思ひ草さぐりぬべかり尾花峠に」　与謝野晶子

26 かきつはた

加吉都播多・垣津幡・垣津旗・垣幡

カキツバタ　アヤメ科　花期五〜六月

かきつはたにつらふ君をゆくりなく
思《おも》ひ出でつつ嘆きつるかも（巻十一・二五二一）

◆大　意　カキツバタのように美しい紅顔の君を、はしなくも思い出しては溜め息をついたことだなあ。

◆万葉背景　集中七首。家持の歌に「かきつはた衣に摺り付けますらをの着襲ひ狩する月は来にけり」（巻十七・三九二一）があります。かきつはたの花を衣に摺りつけて、男衆が衣服を整えて薬狩りをする月はいよいよやってきた。と大事な薬狩りの行事を待ち望んでいる様子がうかがえます。

和名は「かきつけばな」の転訛《てんか》です。

金地をバックに群生の見事なカキツバタが描かれている根津美術館所蔵の尾形光琳《おがたこうりん》の「燕子花《かきつばた》図屏風」（国宝）があります。カキツバタを好んで画題にしたという彼は「八橋蒔絵硯箱《やつはしまきえすずりばこ》」（東京国立博物館蔵）の文様にもカキツバタを描き、工芸品の中の最高傑作といわれています。

はな模様　カキツバタはアヤメ科アヤメ属の多年草で五〜六月が花

26　かきつはた

の見ごろになります。「いずれアヤメかカキツバタ」のように見分けにくいとされていますが、カキツバタはハナショウブより早く開花すること、花も大きく花の中央に白く鮮やかな筋が入っています。池や川辺の湿地を好み、紫や白の花をつけます。

「うかれ女のうすき恋よりかきつばたうす紫に匂ひそめけむ」

芥川龍之介

27 かし

可新・橿
カシ類の総称　ブナ科
花期晩春〜初夏

しなてる 片足羽川《かたしはがは》の さ丹塗《にぬ》りの 大橋の上ゆ
紅《くれなゐ》の 赤裳裾引《あかもすそび》き 山藍《やまあゐ》もち 摺《す》れる衣着《きぬき》て た
だひとり い渡らす児は 若草の 夫《つま》かあるらむ
橿《かし》の実の ひとりか寝《ぬ》らむ 問はまくの 欲しき
我妹《わぎも》が 家の知らなく
（巻九・一七四二）
高橋虫麻呂《たかはしのむしまろ》歌集

◆大　意　（しなてる）片足羽川の赤く塗った大橋の上を、紅染めの赤い裳裾を引き、山藍で摺り染めにした衣を着て、ただひとり渡って行かれるあの乙女は、（若草の）夫があるのだろうか、それとも（橿の実の）ひとりで寝ているのだろうか、問いかけてみたいあの乙女子の家も分らないことよ。

◆万葉背景　こちら、橿の実は一つずつ成るので、ひとりに懸かります。

かしとある歌は集中二首。額田王《ぬかたのおおきみ》が詠んだ「莫囂円隣之大相七兄爪謁気わが背子《せこ》がい立たせりけむ厳橿《いつかし》が本《もと》」（巻一・〇〇〇九）がありますが、この歌は、難解なこと

27　かし

で有名です。しらかしは、柿本人麻呂の歌集（巻十・二三一五）に、〈あしひきの〉山道も分らない。白橿の枝もたわむほどに雪が降っているので〈或る本には「枝もたわたわ」と言う〉があります。この万葉仮名は「白牀杙」です。

はな模様　カシはブナ科コナラ属の常緑高木の総称です。晩春から初夏にかけて密生した小花をつけます。実のどんぐりは食用になります。アラカシ・シラカシ・アカガシ・ウバメガシなどがあります。

「たたなづく樫の木立の互なるしげり合へれば門なせりけり」

斎藤茂吉

28

かしは

印南野《いなみの》の赤ら柏は時はあれど
君を我《あ》が思《も》ふ時はさねなし（巻二十・四三〇一）

安宿王《あすかべのおおきみ》

我之波・柏
カシワ　ブナ科　花期五月

◆大　意　印南野の赤ら柏は旬の時節が決まっているけれど、私が君を思うことには決まった時がありません。

◆万葉背景　集中四首あります。印南野の柏の葉は厚く、

28　かしは

しなやかで、食べ物がつかないことから、食器として重宝されたと推測されています。

古代、食膳を司る専門職を膳夫《かしわで》と呼びました。若狭の海岸は、リアス式で入江が多く、海の幸に恵まれたところだったことから、調などの海産物として、奈良の都まで送られていたことが、出土した木簡資料にみることができます。

現在でも、宮内庁の食事を司るところを「大膳職《しき》」といいます。

カシワの葉が、ご存知の柏餅の包みに使われるようになったのは江戸時代のことです。

はな模様

日本に原生するカシワはブナ科の落葉高木。実はどんぐりとして知られています。英名はダイミョウ・オークといいます。

オーク材は、酒精分が逃げ難いことから、ウイスキーづくりに欠かせない樽材としては最高級品とされてきました。それでも樽の中でウイスキーを熟成させ何十年も寝かせている過程で、樽から蒸発していく分を、「天使の分け前」といいます。なんとも素晴らしい表現です。シェリー樽はシングルモルトの仕上げの香りづけにも使われます。古樽はスモークサーモンの燃料としても最高だそうです。


「柏木の高きこぬれに散りのこる葉は響き飛ぶ木枯の風に」

今井邦子

29

かたかご

もののふの八十《やそ》をとめらが汲《く》みまがふ
寺井《てらゐ》の上《うへ》の堅香子《かたかご》の花　（巻十九・四一四三）
大伴家持

堅香子
カタクリ　ユリ科　花期三〜四月

◆大　意　（もののふの）たくさんの乙女らがいり乱れて汲みあう、御寺の井戸ばたのカタクリの花よ。

◆万葉背景　「かたかご」は、「かたくり」の古名といわれています。少し肌寒い早春に野山に可憐《かれん》な花をつけます。花の形がユリに似ていることから、「初ユリ」と呼ばれることもあります。
語源は、「堅」の字から片葉、「香子」は鹿の子のことで「かたはかのこ」から「かたかご」に変化したというもの、「傾いた籠状《かごじょう》の花」の意でかたかごの説があります。片栗《かたくり》の名は「かたこゆり」から「かたくり」へ、あるいは、鱗茎《りんけい》の形がクリの子葉の半片に似ているからという説があります。

この歌から「水汲み」という重労働な仕事に女性が携《たずさ》わっていることもわかります。集中この一首です。

29　かたかご

はな模様

カタクリはユリ科、カタクリ属の多年草で、三〜四月に花をつけますが、実は、地中にある鱗茎が大きくなり、二枚の葉を出すようになるまで花をつけず、花が見られるまでには相当の年月がかかっているそうです。乱獲が続き、自生種がだんだんみられなくなっています。決して摘むことなく、また次の機会に出合う楽しさを山に置いてきて欲しい花です。

「かたくりの若芽摘まむとはだら雪片岡野辺にけふ児等ぞ見ゆ」

若山牧水

30 かには

あぢさはふ 妹《いも》が目離《か》れて しきたへの
枕もまかず 桜皮《かには》巻き 作れる舟に（略）
（巻六・〇九四二） 山部赤人《やまべのあかひと》

桜皮
ウワミズザクラ　バラ科　花期五月頃

◆大　意　（あぢさはふ）妻に別れて（しきたへの）手枕も交わさず、桜皮を巻いて作った船に（略）

◆万葉背景　この歌は赤人が淡路（現・兵庫県）の野島を過ぎ、辛荷《からに》の島に通りかかった時点の描写で、「妻と別れてその手枕もせずに、かにはを巻いて作った舟を漕《こ》いできて」と、回りに見える島々の合間《あいま》から我が家の方角を振り返り、心境を歌った歌です。（略）のあとには、いつも家を思い続けていることが詠われています。集中一首です。

山部赤人の写実的な優れた叙景描写は、あたかも、ここに居合わせたような錯覚すら覚えます。

「かには」は、桜の木の樹皮《じゅひ》とする説と白樺《しらかば》の樹皮だという説があります。

中でもサクラの樹皮は、はがれにくいという性質を持ち、弓などに巻くことで、より強く丈夫な物にすることができるという利点があり、「桜皮巻き作れる船」は、桜の皮を巻いて作った舟と考えられています。

はな模様　ウワミズザクラはバラ科サクラ属の落葉高木です。花は五月頃に咲き、白く小さな五弁です。花は塩漬けになります。

「かづけども浪のなかにはさぐられで　風吹くごとに浮きしづむ玉」
紀貫之『古今和歌集』

30　かには

31

かはやなぎ・かはやぎ

川楊・河楊
ネコヤナギ　ヤナギ科　花期二〜四月

かはづ鳴く六田《むつた》の川の川柳《かはやぎ》の
ねもころ見れど飽かぬ川かも（巻九・一七二三）

◆大　意　河鹿《かじか》ガエルの鳴く六田の川の川柳の根のように、ねんごろに見ても飽き足りない川だなあ。

◆万葉背景　集中四首あります。

六田の川は、奈良県を流れる吉野川の吉野郡下市町《しもいち》の上流付近といわれています。

かはやなぎは今のネコヤナギのことです。

ヤナギ属は種類が多いことでも知られますが、巻十の「春の雑歌《ぞうか》」に、山の間に雪は降っている。そうではあっても川柳はもう芽が出たことだなあ（一八四八）と詠われているようにかはやなぎは「春の使者」を務《つと》めます。

また、ネコヤナギは生命力が強く、刈《か》っても刈っても芽吹くところから、断ちがたい恋の思いと重なって詠まれているものもあります。

はな模様　ネコヤナギは、春に先がけて絹のような感触の白い花穂《かすい》をつけますが、この花穂がネコの尾のようにみえることからこの名があります。

ヤナギの仲間で、川辺に自生しています。

「猫柳薄紫に光りつつ暮れゆく人はしづかにあゆむ」

北原白秋

32 かへるで

加敏流弖・蝦手
カエデ類の総称　カエデ科

我がやどにもみつかへるて見るごとに
妹をかけつつ恋ひぬ日はなし（巻八・一六二三）
大伴田村大嬢《おおとものたむらのだいぢやう》

◆大　意　我が家の庭に色付く楓を見るたびに、あなたを心に掛けて恋しく思わない日はありません。

◆万葉背景　題詞によると、異母妹の坂上大嬢《さかのうえのだいぢやう》に贈った歌です。田村大嬢は、大伴宿祢《おおとものすくね》宿奈麻呂《すくなまろ》の娘で田村の里に住む長女（大嬢）の意です。一方、坂上大嬢の母は大《おお》伴坂上郎女《とものさかのうえのいらつめ》です。

カエデ類の紅葉が一番美しかったことから、紅葉《もみじ》といえば、カエデをさすようになりました。鶏冠《けいかん》の字が使われたのは、葉の形が雄鶏のトサカに似ていたこと、「かへるで」といわれるのは、蛙の前足（手）のようだからともいわれています。

中国ではカエデのことは「槭《せき》」といい、よく見かける字の「楓」はカエデとは異種だそうです。集中二首あります。

はな模様

カエデはカエデ科カエデ属です。野生種と思われるカエデからも、葉の形やしだれるような形状、色、模様などや芽だしなどの変わった物があり、山で見つけたら必ず持ち帰って栽培するといった愛好家もあり、品種名の多さでも知られています。しだれ姿の美しい「羽衣《はごろも》」はヤマモミジ系、春の新芽が美しい「赤地錦」はイロハカエデ系です。

「卯月ばかりのわかかへで、すべて万の花・紅葉にもまさりてめでたきものなり」
吉田兼好『徒然草』

32-1　かへるで

32-2　かへるで

33 かほばな

石橋《いはばし》の間々《まま》に生《お》ひたるかほ花の
花にしありけりありつつ見れば（巻十・二二八八）

可保婆奈・可保我波奈・容花・皃花

ヒルガオ　ヒルガオ科　花期六〜八月

◆大　意　渡り瀬の飛び石の間々に生えているかほ花のように、花だったのだなあ。ずっと見ていると。

◆万葉背景　集中四首。「かほばな」はアサガオ、カキツバタ、ムクゲ説とありますが、秋の花で、川辺や野辺にも咲き、夜萎《しぼ》む花などからヒルガオ説が有力です。

ヒルガオの花は、つぼみの時に螺旋状《らせんじょう》にねじれていることから、漢名では「旋花」が用いられています。アサガオと並んで、夏の花のイメージがありますが、初秋に野辺の境界柵に絡《から》みつく五センチメートルほどの小さな花をみつけました。

はな模様　ヒルガオはヒルガオ科ヒルガオ属。野原や道端に生えるつる性の多年草で、淡いピンク色の花をつけます。実を結ぶことはなく地下茎で繁殖《はんしょく》していきます。つる性なので、まわりの植物などにすぐ巻きつき、切れやすく、伐っても茎からまた増えるので、畑では厄介《やっかい》がられています。コヒルガオはよく似ていますが、ヒルガオより、小ぶりで、葉の先が尖《とが》りぎみです。若葉は食用になります。日本全土で見られます。花期は六〜八月です。

「悲しみて旅ゆく汽車の窓に見しひとつの夢や昼顔の花」
前川佐美雄

33　かほばな

34

かや・くさ・すすき・をばな

我夜・加夜・草・須為寸・為酢寸・須珠寸・須々伎・須酒伎・為々寸・須酒吉・須々吉・芒・乎婆奈・尾花・乎花・草花・麻花

スス キ　イネ科　花期八〜十月

はだすすき尾花逆葺《さかふ》き黒木《くろき》もち
造れる室《むろ》は万代《よろづよ》までに（巻八・一六三七）

太上天皇

◆大　意　（はだすすき）尾花を逆さに葺き黒木で造ったこの室は、万代までも栄えることでしょう。

◆万葉背景　「すすき」は「をばな」とも「かや」とも呼びます。「すすき」で十七首、「をばな」で十九首、「かや」で十一首、計四十七首に及びます。

夏涼しく冬暖かな萱葺《かやぶ》き屋根のことです。そして用いる黒木。当時の建築様式が浮かびます。

『万葉集』に「花妻」という言葉があります。新婚の妻をさしますが、一説に、結婚以前のある期間花婿と花嫁が厳粛な隔離《かくり》生活をしている妻のこととあります。その妻を、「初尾花」に見立てて、「初《はつ》尾《を》花《ばな》花に見むとし天の川隔《へな》りけらし年の緒《を》長く」（巻二十・四三〇八）があります。その意は（初尾花）花のように見ようと、天の川

34　すすき

を隔てているのに違いない。長い月日の間です。

はな模様

ススキはオバナ、カヤ（萱）などとも呼ばれるイネ科の多年草です。花期は八～十月、日本全土でみられます。穂の出たススキはお月見には欠かせないものですが、葉のへりで手を切ることがあるので注意が必要です。茎は根元から多く出て株になります。この根元に寄生《きせい》して花を咲かせているのがナンバンギセルです。「おもいぐさ」の項をご覧下さい。

「山は暮て野は黄昏《たそがれ》の薄哉」　与謝蕪村

35 からあゐ

韓藍・辛藍・鶏冠草

ケイトウ　ヒユ科　花期六～九月

隠《こも》りには恋ひて死ぬともみ園生《そのふ》の
韓藍《からあゐ》の花の色に出でめやも（巻十一・二七八四）

◆大意　人知れず恋い死にすることがあろうとも、お庭に生えている鶏頭の花のように、色に出したりしましょうか。

◆万葉背景　顔色にだすことはありませんよという恋の歌ですが、お正月に、みんなで集まって札を取って遊ぶ百人一首でも知られる平兼盛の「忍ぶれど色に出にけりわが恋はものやおもうと人の問うまで」は、なかなか隠しきれず顔に出てしまうと詠っています。集中四首あります。

韓藍は、韓の藍の意で、染料の植物だったことがわかります。

現在、染色で藍といわれる植物の種類はインド藍、唐藍など世界中に十三種類もあるそうです。

漢方では強壮薬の薬草として用いました。

はな模様

ヒユ科の一年草。ケイトウのことです。

夏から秋にかけて鶏の鶏冠に似た形の真紅の花をつけることからケイトウ（鶏頭）と呼ばれるようになりました。でも厳密には、頭に似ているわけではなく、トサカ（冠）似です。

貝原益軒が「ヒユよりうまい」と記した若葉は、茹でて食べられます。

ケイトウは、熱帯アジア・インド原産ですが、今では、田園地帯の畑の一角や、庭先などで「ハゲイトウ」のように、鑑賞に相応《ふさわ》しい栽培種などをみることができます。

「鶏頭は憤怒の王に似たれども水にうつしてみづからを愛づ」　与謝野晶子

35　からあゐ

コラム「万葉の歌人たち」

❷ 弟の悲哀を抱いて生きた姉「大伯皇女」

大津皇子には、同じ、大海人皇子（天武天皇）を父に、大田皇女（天智天皇の長女で、天武の第一后）を母にもつ仲のよい姉がいました。その姉は、大伯皇女《おほくのひめみこ》（大来皇女に同じ・「あしび」の項に出てきます）です。

彼女は七歳（時に弟は五歳）にして母と死別します。そして、十三歳の時には伊勢神宮の斎宮に任ぜられ、都を離れていました。

父の天武が病に就くや、都では、母を異にする草壁皇子に皇位を継がそうとする、鸕《う》野皇女（草壁の母）の陰謀の手が、大津皇子に迫っています。危険を感じた大津は「今会っておかないと会えなくなるかもしれない」と、伊勢まで姉に会いにいきます。姉は弟のいく末にむな騒ぎを感じます。予感は当たり、六八六年、謀反のかどで死を賜り、大津皇子の遺体は二上山（現在の奈良県当麻町）の墓に葬られました。弟の死後「うつそみの人なる我や明日よりは二上山を弟《いろせ》と我が見む」（巻二・〇一六五）と悲嘆にくれます。この悲しみを抱いて、その後どこでどう生きたのか、詳しいことは分かっていません。『続日本紀』に、七〇一年に亡くなったことのみが記されています。

36 からたち

枳
カラタチ　ミカン科　花期四月

からたちの茨《うばら》刈り除《そ》け倉建てむ
屎《くそ》遠くまれ櫛《くし》造る刀自《とじ》（巻十六・三八三二）
忌部首《いむべのおびと》

◆大　意　からたちの茨を刈り除いて倉を建てよう。大便は遠くでしなさい、櫛を造るおばさん。

◆万葉背景　集中一首。刀自は、家を切り盛りする女性です。

くら、くそ、くしと語呂《ごろ》あわせでシャレています。

中国が原産で、「唐橘《からたちばな》」の略ともいわれています。鋭いトゲがあるので、もっぱら生垣用に植えられたようです。実は食べられませんが、漢方では乾燥して健胃薬《けんいやく》としました。

中国のことわざに「江南の橘を江北に移すと枳に成る」があります。日本では「枳殻《からたち》に成る」と書き、「木（気）」が変わるから、気が変わる、改心する、などの意で使われます。

愛唱歌として長くうたい継《つ》がれている北原白秋作詞、山田耕作作曲の「からたちの花」は大正十三（一九二四）年に生まれました。

はな模様　カラタチはミカン科カラタチ属の落葉低木。ミカンは常緑ですが、カラタチは落葉します。「白い白い花が咲いたよ」と歌われたように、春には、葉に先立ち白色の五弁の花をつけます。

「長はしとのの軒の長雨（几董《きとう》）からたちに成りても花の匂ふ也（蕪村）」

36　からたち

きみ 37

梨棗《なしなつめ》黍《きみ》に粟《あは》次ぎ延《は》ふ葛《くず》の
後《のち》にも逢はむと葵《あふひ》花咲く　（巻十六・三八三四）

寸三

キビ　イネ科　花期七〜八月

◆大　意　梨と棗、黍—君に逢う粟が続いて、（延ふ葛の）後も逢おうと逢う日の葵の花が咲く。

◆万葉背景　きびそのものが出てくる歌はこの一首です。

37　きみ

当時、黍は「伎美《きみ》二升」のように「きみ」といいました。黍は「君」にかけています。この歌は「あふひ」の項でも紹介しています。

きびという音で詠われている歌には、「古人《ふるひと》の飲《たま》へしめたる吉備《きび》の酒病《や》めばすべなし貫簀《ぬきす》賜《たば》らむ」（巻四・〇五五四）があり、昔の人は飲ませて下さったと詠う「吉備の国にきび酒はあったのかなかったのか」の研究ミステリーは今も続いています。

日本酒の起源の旅は、縄文時代前期の遺跡（秋田県・池内遺跡）からはヤマブドウやエゾニワトコの果実の種が繊維に包まれて出土し、中期の井戸尻遺跡（長野県）からは土器の中からキイチゴやヤマブドウの種子が発見されています。「果物の皮についていた酵母《こうぼ》の働きでアルコール発酵《はっこう》は自然に起こります」と、発酵学などがご専門の小泉武夫氏はいいます。さらに、デンプンの塊も発見され、粟や木の実、アワ、ヒエなどの植物から作る酒もあったのではないかと考えられるともいわれています。

はな模様

キビはイネ科の一年草です。インド原産で中国では五穀（米・麦・粟・豆・黍）の作物の一つとして栽培。日本へは朝鮮を経て渡来しています。キビの実は、小さく黄色で、トウモロコシに似ています。トウモロコシを、トウキビ（唐黍）というのは、この実の形が似ているからのようです。

「はたはたと黍の葉鳴れる故郷の軒端なつかし秋風吹けば」　石川啄木《たくぼく》

38　くず

38 くず

久受・田葛・葛

クズ　マメ科　花期七～九月

我《わ》がやどの葛葉《くずは》日に異《け》に色《いろ》づきぬ
来まさぬ君は何心《なにごころ》そも（巻十・二二九五）

◆大　意　私の家の庭の葛の葉は日増しに色づきました。いらっしゃらないあなたはどういう心ですか。

◆万葉背景　「くず」は「くずかづら」の略。集中十九首でてきます。「くず」の名前の由来は、大和の国（今の奈良県）吉野《よしの》郡国栖《くず》の地名から出たとする説や、屑《くず》の意で、根を製粉する時に屑のごとく砕《くだ》くからともいわれています。

はな模様

クズはマメ科のつる性の多年草で、七～九月にかけて花が咲きます。

根から採取されるクズ澱粉《でんぷん》で作った「くず湯」を風邪《かぜ》の引きはじめに飲むと、滋養《じよう》や発汗《はっかん》作用を促すとして重宝《ちょうほう》がられてきました。「葛根湯《かっこんとう》」の主成分としても知られています。

蔓は強靭《きょうじん》で茎は繊維資源となり、織った葛布が庶民《しょみん》の衣類として用いられていたことを、別の万葉歌にみることができます。

クズは野生で生育が早く、周囲の樹木を覆《おお》ってしまうので森では迷惑がられますが、アメリカでは土壌保全や水源確保に一役買い、日本では家畜《かちく》の飼料としても栄養価が高いと、評価されるに至っているそうです。

「葛の花ここにも咲きて人里のものの恋しき心おこらず」
斎藤茂吉

39

くそかづら

皁莢《さうけふ》に延《は》ひおほとれる屎葛《くそかづら》
絶ゆることなく宮仕《みやつか》へせむ　（巻十六・三八五五）

高宮王

屎葛
ヘクソカヅラ　アカネ科
花期八～九月

◆大　意　皁莢に這い広がっている屎葛のように、途絶えることもなく宮にお仕えしよう。

◆万葉背景　集中一首。へくそかづらのこと。つるが長いことから「絶ゆることなく」に続いています。

草を手で揉《も》むと悪臭があり、名前の由来はこの臭いからきているようです。これではあまりの名ですが、花は可憐《かれん》で、早乙女《さおとめ》の笠にみたて別名「さおとめばな」ともいわれたと知ると、少し救われた気がします。また、花の中央がお灸《きゅう》のかさぶたのようだと、「やいとばな」の名もあります。

はな模様　ヘクソカヅラはアカネ科のつる性の多年草。茎は右巻きにからみ、葉は楕円形《だえんけい》です。夏に一センチメートルほどの、中が暗紅色で外が白い小花をつけます。北海道から沖縄まで日本全土の山野や路傍《ろぼう》でみることができます。温帯から熱帯にかけフィリピンや中国などにも分布しています。

39　くそかづら

「ところづら絡《から》まり花咲くへくそかづら引きて今年の著をば得たり」

土屋文明

40

くは

筑波嶺《つくはね》の新桑繭《にひぐはまよ》の衣《きぬ》はあれど
君が御衣《みけし》しあやに着欲《きほ》しも（巻十四・三三五〇）

桑・具波
クワ　クワ科　花期四月頃

◆大　意　筑波嶺の新桑の葉で飼った繭で織った着物はあるけれども、あなたのお召し物をこそ特に着たいです。

◆万葉背景　集中二首。当時は、婚姻《こんいん》の翌朝に男女がお互いに衣を交換するという風習があったそうです。

「筑波嶺」と詠われた筑波山は、遠い昔から「西の富士、東の筑波」と並び称され、名山として親しまれてきました。頂上は二峰に分かれ、男体山《なんたいさん》が八百六十メートル、女体山八百七十六メートルで、男体山には伊邪那岐命《いざなぎのみこと》が女体山には伊邪那美命《いざなみのみこと》が祀《まつ》られています。

古代から養蚕《ようさん》が盛んなところとしても知られ、筑波山麓《ろく》には、養蚕の女神さんがご祭神の「日本一社蚕影神社」があります。

新桑繭とは、新しく萌《も》える春のクワの葉で養った繭のこと。クワの葉は絹の糸をつくる蚕《かいこ》の餌《えさ》になることはご存知の通りです。

「くは」の漢名は「桑」。蚕葉《こは》の転、食葉《くは》などいずれも蚕の食べる葉に由来しています。

はな模様　クワはクワ科の落葉高木です。四月頃から花をつけ、五月には赤い実をつけます。この実は、黒く熟してくると食べられます。

「行き行けば青桑畑ひとすぢの道をかこみて尽きむともせず」
若山牧水《ぼくすい》

41 くり

松反《まつがへ》りしひてあれやは三栗《みつぐり》の
中上《なかのぼ》り来《こ》ぬ麻呂《まろ》といふ奴《やつこ》（巻九・一七八三）

久利・栗
クリ　ブナ科　花期六月

◆大　意　（松反り）バカになったのでもないでしょうに、（三栗の）中上りしても来ないわ、麻呂という奴さん。

◆万葉背景　集中三首。都にいる人麻呂から妻あてに「音《おと》沙汰《さた》もないが、心まで消え失せているのだろうか」と来た便りに、妻が応えて詠んだ歌です。「そっちこそなにいってんのよ」といった感じでしょうか。

「くり」に関してはこの他二首ありますが、いずれも花ではなくて実を詠っています。栗の実はイガの中に三つ入っているところから三つ栗といわれたようです。「くり」の名は「黒実」からきています。

栗材は堅く、水湿にたえることから、線路の下の枕木《まくらぎ》や船舶《せんぱく》などに用いられてきました。樹皮に含まれているタンニンは、染料になります。

カチグリは「勝ち」に縁起を寄せて、武士が出陣の折の肴《さかな》にしました。

はな模様

クリはブナ科の落葉中高木で、主に山地に生えます。秋の味覚としても馴染《なじ》み深く果実として栽培されています。虫媒花《ちゅうばいか》で強い香りを放ち虫を誘います。花期は六月。雌雄同株で十～二十センチメートル近い黄色い雄花が穂のように垂れ下がります。

「栗の樹のこずゑに栗のなるごとき寂しき恋を我等遂げぬる」
若山牧水

42

くれなゐ

久礼奈為・呉藍・紅

ベニバナ　キク科　花期六〜七月

よそのみに見つつ恋ひなむ紅《くれなゐ》の
末《すゑ》摘《つ》む花の色に出でずとも（巻十・一九九三）

◆大　意　よそ目にばかり見て恋し続けよう、紅の末摘む花のように表面には表さなくても。

◆万葉背景　集中三十四首。この歌では、くれなゐが末摘花という呼び名で登場しています。花は、はじめは黄色ですが、最後には赤くなります。これはメシベとオシベの色で、最後に摘み取ることから末摘花《すえつむはな》といわれます。

「くれなゐ」は呉《くれ》の藍《あい》がつまったもので、染めると、赤ではなく青い藍色になります。

「紅《くれなゐ》の濃染《こぞ》めの衣《きぬ》を下に着ば人の見らくににほひ出でむかも」（巻十一・二八二八）は、紅に色濃く染めた衣を下に着たら、人の見るには、赤く映り出てくるだろうか。隠しても、やがて、人に知られてしまうだろうかといった隠しきれない恋ごころを詠った歌ですが、色素のカルタミンには血行をよくする作用があり、下着に染めて着ると暖かくホカホカするそうです。粉にして頬《ほお》ベニにす

れば血色がよくなり、肩に塗ると肩こりが軽減《けいげん》され、手に塗るとシモヤケ予防になるなど、昔の人の知恵《ちえ》を知ることができます。

はな模様 キク科のベニバナのことです。アザミに似た花を咲かせます。アジア原産の一年草で、日本には、飛鳥時代に伝わったとされています。染色にも使われ、朱華《はねず》、紅、黄丹《おうだん》などの色を作り出していました。

「紅のはつ花ぞめの 色ふかく思ひしこゝろ われわすれめや」
『古今和歌集』

43 こけ

蘿・薜・苔
コケの総称

奥山の岩に苔生《こけむ》し恐《かしこ》けど
思ふ心をいかにかもせむ（巻七・一三三四）

◆**大意** 奥山の岩に苔がむして恐れ多いけれども、恋しいと思う心をどうしたらよいだろう。

◆**万葉背景** 集中十一首あり、時間の長さを表わす時に「苔生《む》す」という言葉が使われています。

春日奥山の原生林（奈良市）は今でもうっそうとしており、当時を偲《しの》ぶことができます。白毫寺《びゃくごうじ》から奈良奥山ドライブウェーを過ぎ、円成寺《えんじょうじ》へむかう柳生《やぎゅう》街道は「石仏の宝庫」として人気の高い約十キロメートル（柳生までは約二十キロメートル）のウォーキングコース。大日如来が刻まれた道ばたの「寝仏」や山の斜面にたたずむ「夕日観音」、磨崖仏《まがいぶつ》の「朝日観音」を眺《なが》めながらの真夏にひんやりとするおすすめコースです。もちろんコケにもじっくり出合えます。

『古事記』の「八俣《やまた》の大蛇《おろち》」の中に「ここにその形は如何《いか》にと問いたまへ、答へ白さく、その目は赤がちの如くして、身一つに八頭八尾あり。またその身に蘿《ひかげ》と檜《ひのき》。椙《すぎ》と生ひ、その長さは（略）」と「ひかげ」としてコケがでてきます。

はな模様 地衣類や菌《きん》類などの総称です。湿地を好み、古木や岩石の表面などに生えます。花の咲かない植物の俗称《ぞくしょう》としても使われますが、梅雨時につける胞子体《ほうしたい》を「苔の花」と呼び、夏の季語に。「苔の戸」はわび住まいをする人の家の戸を、またはその住まいをいいました。

庭先の樹木の下陰でもみることができるスギゴケなどが一般に知られています。

「大門のいしずゑ苔にうづもれて七堂伽藍ただ秋の風」
佐佐木信綱

43　こけ

コラム「万葉の歌人たち」

❸ 作者未詳という作者「作者未詳」

作者未詳という「作者」は、どんなイメージの人でしょうか。四千五百首余の歌をおさめている中で、約半数に上り、万葉集の根幹を構成しています。

この作者は、生活のなにげない一コマを臆せず詠み、隣人のようでもあり、自然とも区別なくつきあい、雨や月や花や鳥を詠う。何気ないしぐさにも繊細な息遣いを持ち、とどめには、さらりと秀歌が詠めるという素養を持っているのです。

「作者未詳」を「すぐれた歌人の名前」だと錯覚しても許されそうな気配です。でも直に、「こりゃ一人の人にしては多才すぎて、それぞれがあまりにも違いすぎる」と気づかされます。もしも一人の人だとしたら、まさしく十一面観音様か千手観音様です。

少し「ぼけた」ような話をしてしまいましたが、もうおわかりですよね。そうです。作者が未だ解明されていない人びとのことです。

彼（彼女ら）の歌に触れたとき、なぜか今生きている私たちの心情とも無理なく重なり、共感したり慰められたりします。あかぎれを切らして働く、稲春女《いなつきめ》の恋心に出会った時などは、切なさまでも伝わってきます。

44

ごとう

言問《こと》はぬ木にはありともうるはしき
君が手馴《たな》れの琴にしあるべし（巻五・〇八一一）

梧桐
アオギリ　アオギリ科　花期六月
キリ　ゴマノハグサ科　花期五月

◆大　意　言葉を話さない木ではあっても、立派な君子が親しく手にして馴染まれる琴に違いありません。

◆万葉背景　集中三首みられます。

この歌は「梧桐の大和琴一面」の項にあるもので、その背景に琴にまつわる因縁ストーリーがあります。

梧桐《あおぎり》は、漢名です。研究者によって中国、朝鮮、竹嶋説、大分説など、諸説が多い木です。中国では瑞祥木《ずいしょうぼく》とされ尊ばれてきました。山東省や、福建省などの諸省に自生地が確認され、渡来《とらい》とする説も根強いようです。葉がキリに似て、樹皮が緑色なので青桐といわれ、キリとは異種とのことです。

名は「きり」に由来し、切れば早く成長する、切って倍《ばい》に成る木とあります。花が筒をなすところから木へんに同で桐というとも。

朝廷が桐を紋章《もんしょう》として用いるようになった鎌倉時代には、菊花紋と同じく、名誉と権威《けんい》あるものでした。

はな模様

キリはゴマノハグサ科キリ属の落葉高木です。キリは、非常に軽く、その上強く狂いが少なく加工しやすい。さらに、燃え難く腐《くさ》りにくく、その上材質が優美で音響性にとんでいるという特性をもっています。タンスや琴、棺《ひつぎ》などに用いられてきた理由が理解できます。

「おのづからす枯れの早き自生梧桐日のさす時を吾ら遊びつ」
土屋文明

44-1　ごとう

44-2　ごとう

45

さうけふ

皂莢《さうけふ》に延《は》ひおほとれる屎葛《くそかづら》
絶ゆることなく宮仕《みやつか》へせむ（巻十六・三八五五）

高宮王《たかみやのおほきみ》

䓣莢
ジャケツイバラ　マメ科　花期六月

◆大　意　皂莢に這い広がっている屎葛のように、途絶えることもなく宮にお仕えしよう。

◆万葉背景　集中一首です。皂は香ばしいことで、莢は鞘《さや》のこと。実の色が褐色《かっしょく》なこともさし、「さうけふ」はカワラフジのことで、ジャケツイバラといわれています。

　さうけふも「くそかづら」もこの一首に詠われているだけですので、くそかづらの項で取り上げています。

　さうけふは、茎が曲がりくねっており、その様子を蛇がとぐろを巻いている姿に見立てて、じゃけつ（蛇結）の名がついたそうです。

　高宮王についての詳しいことは判っていませんが、巻十六・三八五六に、大仏開眼の導師を勤めた僧こと聖なる波羅門僧上《ばらもんそうじょう》と、田の穀物《こくもつ》をついばみ荒らす烏を対比させて詠った歌があります。

はな模様

ジャケツイバラはマメ科の落葉樹で低木です。山地や河原に自生し、枝は蔓状に伸びトゲがあります。初夏に黄色の五弁花をつけ、そのあとにサヤ（莢）をつけます。種子は有毒ですが、マラリアの治療や駆虫に用います。

「皀莢の素枯れの莢の風鳴りも止みたる今は霜満つらむか」

木俣修

46 さかき

賢木
サカキ　ツバキ科　花期六～七月頃

ひさかたの　天《あま》の原《はら》より　生《あ》れ来《き》たる　神の命《みこと》
奥山の　賢木《さかき》の枝に　しらか付く　木綿《ゆふ》取り付け
て　斎瓮《いはひへ》を　斎ひほりする　竹玉《たかたま》を（略）

（巻三・〇三七九）

大伴《おおともの》坂上《さかのうえの》郎女《いらつめ》

◆大　意　（ひさかたの）高天の原以来生まれ継いで来た神々様よ。奥山の賢木《さかき》の枝に（しらか付く）木綿を取り付けて、斎瓮を土に穴を掘って据え付け、竹玉を緒に（略）。

◆万葉背景　集中一首。この歌は、大伴坂上郎女が氏神をお祭りする時の歌とあり、「榊《さかき》の枝に木綿のたすきをかけ、いはひへを土に据え、竹の玉を垂らして」というお祭りの儀礼です。この序文の後は、「このようにしてまでお祈りしてもあなたにお会いできないものなのでしょうか」と詠っています。

この時代は、神に奉げる常緑樹をすべて「さかき」と呼んでいたようです。サカキの枝に木綿をつけたのですね。今も神社で目にする、サカキの枝に白い紙がついている神前に捧げる「玉串」のことです。

はな模様

ツバキ科の常緑小高木です。葉は光沢《こうたく》のある深緑色をしています。六月～七月頃、葉の付け根に白い花を咲かせます。

「神垣のみむろの山の榊葉は神のみ前にしげりあひにけり」

『古今和歌集』

46　さかき

47 さきくさ

春されば まづ三枝《さきくさ》の幸《さき》くあらば
後《のち》にも逢はむな恋ひそ我妹《わぎも》（巻十・一八九五）
柿本人麻呂《かきのもとのひとまろ》歌集

三枝
ミツマタ　ジンチョウゲ科　花期三月頃
フクジュソウ　キンポウゲ科
花期二〜三月
ジンチョウゲ　ジンチョウゲ科
花期三〜四月

◆大　意　春になるとまず咲くさきくさのように、幸《さき》くあったら、後にも逢おう。そんなに恋うてはいけない、我が妹《いも》よ。

◆万葉背景　三枝から、幸くを導いていますが、さきくさが何なのかははっきりしていません。枝が先で三本ずつに分かれるので、この名前がついたといわれています。集中二首あり、もう一首は山上憶良の長歌（巻五・〇九〇四）に登場しますが、いずれも花そのものではなくて、枕詞《まくらことば》として使われています。

　春になるとまず咲くという早春のフクジュソウ、ジンチョウゲ説や佐佐木信綱氏のミツマタ説などがあります。ミツマタと聞いて思い浮かぶのは「和紙」の原料植物ですが、奈良時代はコウゾが主だったようです。

はな模様　ミツマタは、ジンチョウゲ科の落葉低木です。三月頃の

47-1 さきくさ

47-2　さきくさ

葉が出てくる前に黄色い毬のような花をつけます。

中国南部からヒマラヤ近くまで分布しており、日本には、いつ頃入ってきたかは明らかではありませんが、本州以南の地域で、樹皮を和紙の原料とするべく広く栽培されてきています。

「三枝の祭り」は、「ゆり」の項を参照してください。

「越の宮に咲く三枝の花に逢ふ孟夏六月二日晴れなり」　土屋文明

47-3　さきくさ

48　さくら

佐久良・左久良・作楽・桜

サクラ　バラ科　花期三～四月

うぐひすの木《こ》伝《づた》ふ梅のうつろへば
桜の花の時かたまけぬ（巻十・一八五四）

◆大　意　鶯が枝を伝って鳴く梅が散って行くと、桜の花の咲く時が近づいた。

◆万葉背景 梅の木から桜の花へ、季節のバトンが渡されていきます。集中四十四首です。

「サクラはおもしろきもの」何の変哲《へんてつ》も無かった冬枯れのような木肌から芽を吹きます。

月下の夜桜を待つ、「春日《かすが》なる三笠の山に月も出でぬかも佐紀山《さきやま》に咲ける桜の花の見ゆべく」（巻十・一八八七）からは、佐紀山に咲いている「さくら」の花がみえるように、春日にある三笠の山に出る、明るい月を待ち望む気持ちも一緒に伝わってきます。

「花見」の「見る」は、花を愛でるだけでなく、饗《きょう》宴《えん》を共にする相手の魂に呼びかけ、誉《ほ》めそやすという深い意味があるそうです。花見のお酒で酔っぱらってケンカになるのは趣旨《しゅし》が違うようです。

ヤマザクラの名所といえば奈良の吉野山が有名です。大阪の造幣局《ぞうへいきょく》の「通り抜け」は、桜並木のトンネルをくぐりぬけて行くのですが、サクラに様々な品種があることに驚かされます。

『万葉集』で詠まれている桜は、我が国固有の種だそうです。

はな模様 バラ科サクラ属。サクラ前線の開花予測はソメイヨシノを基準にしているそうです。

「久方《ひさかた》のひかりのどけき春の日に しづ心なく花のちるらむ」

きのとものり『古今和歌集』

さくら

49 ささ

笹が葉のさやぐ霜夜《しもよ》に七《なな》重《へ》着《か》る
衣《ころも》にませる児ろが肌はも（巻二十・四四三一）

佐左・小竹
クマザサ　タケ科

◆大　意　笹の葉がさやさや鳴って霜の降りる夜、七枚も重ね着した着物に勝るあの子の肌は、ああ。

◆万葉背景　防人の歌ですが、ささの風にゆれる音が、恋ふる気持ちへと重なっている様が、しみじみと伝わってきます。集中六首です。

「ささ」と聞くとタケの葉をイメージしますが、植物学的には、ササとタケの相違点は多々あるそうです。

タケは大きく、ササは小さいものとして扱われてきました。ササは、風に吹かれると、さわさわ、ざわざわと葉ずれの音をたてます。この音を神楽声《かぐらごえ》といい、神の言葉を人に伝える呪力《じゅりょく》をもっていると信じられてきました。

『古事記』の天の石屋戸《いはやど》神話には天宇受売命《あめのうずめのみこと》が、笹の葉を束《たば》ねて手に持って神懸かりしたと伝えています。

地鎮祭の時に、四角にササの付いたタケをたて注連縄《しめなわ》をめぐらすのは、邪気を払い無病や幸運を祈念しています。また七夕のササに願い事をかいた短冊を掛けるのも、神の依《よ》り代《しろ》とする思想の名残《なごり》です。

はな模様　ササ属の特徴は、小形で節ごとの枝は通常一本です。冬がくると、周囲が白く隈取《くまど》ることから名がついたクマザサやミヤコザサなどがあります。

「笹の葉におく霜よりも　ひとりぬる我が衣手ぞさえまさりける」
紀とものり『古今和歌集』

50

さなかづら・さねかづら

玉くしげみもろの山のさな葛《かづら》
さ寝《ね》ずは遂《つひ》にありかつましじ（巻二・〇〇九四）

狭名葛・佐奈葛・左奈葛・木妨己・狭根葛・核葛
サネカヅラ　モクレン科　花期八月頃

◆大　意　（玉くしげ）みもろの山のさな葛、さ寝ずにはとても生きていられないでしょう。〈或る本の歌には「（玉くしげ）三室戸山の」と言う〉。

◆万葉背景　藤原鎌足《ふじわらのかまたり》の求婚に、後の正室になった鏡大女《かがみのおおきみ》が「とも寝せずには耐え難いほど、あなたに夢中なのですから、そうご機嫌《きげん》を悪くなさいますな」と応えた歌です。集中九首あり、さなかづらは「逢ふ」や「寝る」の枕詞になっています。「さな」の音と「さね」の類似した音が繰り返されています。

さねは果実のこと。実のなるかづらの意です。

果実は、強壮剤やせき止めなど薬用に用いました。この木皮には独特の粘液《ねんえき》があり、これを水に浸して、鬢《びん》付《つ》け油として使われたところから、江戸時代には美男葛《びなん》、ビンツケカヅラなどと呼ばれました。さらにこの液は、絹の光沢《こうたく》を出すための糊付けや製紙のフノリなどにも使われてきました。

はな模様

サネカヅラは、常緑のつる性植物です。関東、四国、九州の暖かな地で、八月頃に、淡い黄色がかった白色の花をうつむき加減に咲かせます。雌雄異株《しゆういしゆ》（たまに同株も）です。雌花《めばな》は、中央の黄色の花托に緑色のめしべが並びます。一方、雄花は、赤い花托から多くの白い葯《やく》がみえます。秋には、赤く丸い実が集まって成り垂れ下がります。

「名にし負はば逢坂山のさねかづら人に知られでくるよしもがな」
藤原定方『後撰和歌集』

50-1　さなかづら

50-2　さなかづら

51
さはあららぎ

この里は継《つ》ぎて霜や置く夏の野に
我《わ》が見し草はもみちたりけり（巻十九・四二六八）
孝謙天皇

沢蘭
サワヒヨドリ　キク科　花期初秋

◆大　意　この里はひっきりなしに霜が置くのでしょうか、夏の野に私が見た草は色づいていますよ。

◆万葉背景　ここには、夏の草とあるだけですが、題詞に「黄葉せる沢蘭一株を抜き取り」と書かれているところから「さはあららぎ」のことをさしています。

孝謙天皇とその母である光明皇后が、皇后の甥にあたる藤原仲麻呂の家に行幸《ぎょうこう》した時の歌です。

仲麻呂は当時、皇后のための役所の長官でした。季節に先駆《さきが》けて、もみじした「さはあららぎ」に寄せて藤原の大納言家を褒《ほ》めています。

「さはあららぎ」を詠んだとみえる歌はこの一首です。池や沢に生えていることから、万葉人はフジバカマと見分けて区別したようです。

さはあららぎには、サワヒヨドリ、ヒヨドリバナ、ヤナギランなどの説があります。

サワヒヨドリは、葉を煎じて飲むと、産前産後の諸症状によいとされてきました。

はな模様

サワヒヨドリはキク科ヒヨドリバナ属の多年草です。葉に柄はなく初秋に淡い赤紫色のフジバカマによく似た花をつけます。

51　さはあららぎ

52 しきみ

奥山のしきみが花の名のごとや
しくしく君に恋ひわたりなむ（巻二十・四四七六）
大原今城《おおはらのいまき》

之伎美
シキミ　モクレン科　花期四月頃

◆大　意　奥山のしきみの花の名のように、しきりにあなたに恋い続けることでしょうか。

◆万葉背景　集中この一首のみで、大原今城が、主人の大《おお》伴《ともの》池主《いけぬし》にたいしての挨拶《あいさつ》の歌とされています。

「しきみ」の名は、実が有毒なことから「悪しき」の「あ」が省かれたとも、実が重くつくので重実からともいわれています。

徳川家康が武田信玄との戦いに敗れ、浜松城に逃げ込んだ際に、折からの節分にヒイラギがなく、シキミを代用したという故事《こじ》に習い、節分にヒイラギの代わりにシキミを用いるところもあるそうです。

全体に香気があるところから、仏花として仏壇に供えたり、地域によっては告別式の献花とされています。葉からは抹香《まっこう》や線香がつくられてきました。

はな模様

シキミはモクレン科の常緑小高木で、山林に生え、墓地などにも植えられてきました。四月頃に淡い黄白色の花をつけます。

実は熟すと黄色い種子をはじき出します。

「ゆかしさやしきみ花さく雨の中」
与謝蕪村

52　しきみ

53

しだくさ

子太草
ノキシノブ　ウラボシ科

わがやどは甍《いらか》しだ草生《お》ひたれど
恋忘れ草見るにいまだ生《お》ひず（巻十一・二四七五）
柿本人麻呂

◆大　意　我が家の軒にはシダ草が生えているが、恋忘れ草は見てもまだ生えて来ない。

◆万葉背景　集中一首です。恋忘れ草はカンゾウのことで、ずっと恋こがれて待っている様子が伝わってきます。

「しだくさ」がなにかは諸説があるようですが、長い間待っているのにふさわしい引き合いなのでしょうか。訪れもなく年月を経て古びた「やど」に生えていました。

「しだ」は、葉が下へしな垂れているところからこの名がつき、シノブ、ノキシノブ、オオシダなどの総称のようです。漢名に瓦葦《がい》があります。

「軒《のき》のしだくさ」ならず「軒のしのぶ草」は『新古今和歌集』に「たちばなの花散る軒のしのぶ草むかしをかけて露ぞこぼるる」と詠まれています。

はな模様　ノキシノブはウラボシ科のシダ類で、常緑の多年草です。

53　しだくさ

岩石や木の幹、屋根などに着生します。古い家の軒下にも生えています。

葉は二十センチメートルほどでノコギリ歯はなく線形で、短い葉柄があります。

「風わたる軒のしだ草うちしをれすずしくにほふ夕立の空」

藤原定家『拾遺愚草』

54 しの

54 しの

小竹・細竹・四能

メダケ　イネ科

篠《しの》の上《うへ》に来居《きゐ》て鳴く鳥目を安み
人妻ゆゑに我《あれ》恋ひにけり（巻十二・三〇九三）

◆大　意　篠の上に止まって鳴く鳥の、目でたやすく見られるので、人妻なのに私は恋してしまった。

◆万葉背景　集中十一首です。集歌の「しの」は「小竹」や「細竹」「篠」とあり、巻十一・二四七八の「偲ぶの比喩《ひゆ》」のように、相聞歌《そうもんか》がほとんどです。

奈良時代は、「偲ぶ」も「しのふ」と清音で濁りません。

「しの」を使ったもので、私たちが身近で目にすることができる物に、祭りのお囃子《はやし》で聞く横吹きの笛があります。これが、細い篠竹で作った篠笛です。長唄の囃子用で用いる篠笛は、両端を樺《かば》の皮で巻き黒漆が塗られています。

はな模様　シノは、稈《かん》（竹やイネ科の植物の中が空の茎のこと）が細くて群がり生える小さい竹のことです。ヤダケやメダケの類をいいます。

日本における竹やササは様々に分類されています。メダケ属は、一節から三〜七本の枝を出し、筍《たけのこ》は春から夏にかけてできてきます。ヤダケはササ属になります。

こちらは「ささ」の項に書き留めました。

「空澄める初冬の庭に吾立つと小鳥が来鳴く篠の小藪に」

伊藤左千夫

55 しば

佐保川《さほがは》の岸のつかさの柴《しば》な刈りそねありつつも
春し来《き》たらば立ち隠《かく》るがね
（巻四・〇五二九）
大伴坂上郎女

志婆・之婆・志波・之波・少歴木・柴
雑木類の総称

◆大　意　佐保川の岸の高みの柴は刈らないで下さい。このままにしておいて、春が来たら隠れて逢えるように。

◆万葉背景　集中十一首あります。

この歌は、長歌や短歌ではなく旋頭歌《せどうか》になっています。ご存知のように旋頭歌とは、頭の句を再び旋すという意味で、五七七を繰り返します。誰かが作った昔の歌のようにみせているのは、才色兼備《さいしょくけんび》の郎女《いらつめ》なればこその感があります。

佐保川が流れる「佐保の里」は、奈良市の北に位置し、『万葉集』には佐保路としても詠われています。この地に大伴坂上郎女は住んでいました。母は石川命婦《みょうぶ》で、大伴旅人の異母妹、家持の叔母《おば》にあたります。

◆はな模様　現代「シバ」と聞くと、芝生《しばふ》など、イネ科のシバを思い浮かべますが、万葉の時代は、雑木類の総称です。マツの枝は松柴、ナラ類は楢柴《ならしば》というように呼んでいました。

「おじいさんは山へ柴刈りに」の柴のことです。

「山かげの草の庵はいとさむし柴をたきつつ夜を明してむ」　良寛

55　しば

56 しひ

四比・椎
シイ　ブナ科　花期五〜六月

家《いへ》にあれば笥《け》に盛《も》る飯《いひ》を草まくら
旅にしあれば椎《しひ》の葉に盛る（巻二・〇一四二）

有間皇子

◆大　意　家にあれば器に盛るべき飯を、（草まくら）旅の中にあるので、椎の葉に盛ることよ。

◆万葉背景　集中三首。有間皇子は孝徳天皇の皇子、皇子は斉明天皇の時、蘇我赤兄にそそのかされ謀反の計画をします。しかし蘇我の裏切りによってことが発覚し、天皇の行幸《ぎょうこう》先へ連行され、処刑されます。時に十九歳の若さでした。

不安な旅とわびしい食事を詠った説と、道祖神への神《しん》饌《せん》を詠っているとする説とに分かれています。

『枕草子』四十に「椎の木、常磐木《ときわぎ》はいづれもあるを、それしも、葉がへせぬためしにいはれたるもをかし」とあります。

語源の一説に、「紅葉しないものだが、シヰテ時が経てば色が変わることもあるところからついた」とするものもあります。

樹皮は染料に用いられます。

はな模様　シイはブナ科シイノキ属の常緑高木です。通常はツブラジイ（コジイ）をさします。

東アジアや東南アジアなどに多く、葉は楕円《だえん》形で五〜六月に香りの強い小花をつけます。日本では関東以西にみられます。実のどんぐりは丸く黒くつやがあり木からは自然に落ち、その時に音がします。種子は煎《い》って食用になります。

「まづ頼む椎の木もあり夏木立」

松尾芭蕉

56 しひ

57 しりくさ

湊《みなと》葦《あし》に交《ま》じれる草のしり草の
人皆知りぬわが下思《したおも》ひは（巻十一・二四六八）
柿本人麻呂歌集

知草
サンカクイ　カヤツリグサ科
花期七〜十月

◆大　意　河口の葦にまじっている草のしり草のように、人が皆知ってしまった、私の心の中の思いは。

◆万葉背景　しりくさは未詳ですが、この一首のみにでてきます。頭に知るという動詞がついているので、忘草や思草のような呼び名ではとの説もありますが、花としてはサンカクイではないかといわれています。

また、葉の立つ様子が、鷺の尻刺《しりさ》しのようだとサギノシリサシの名でも呼ばれます。

はな模様　サンカクイは、カヤツリグサ科で沼や池、川辺などの湿地や海岸などに群生する大型の多年草です。茎は太く、この断面がほぼ三角なのでこの名があります。切り口をみると、中はすきまの多い「ずい」があります。葉は退化してさや状になり、茎を包み真っすぐ上へと伸びています。茎の先端部分で数本の枝分かれをし、二〜五個の柄のある茶褐色の小穂《しょうすい》をかたまってつけます。高さは五十センチ〜一メートルにもなります。日本全土で見られ、花期は七〜十月です。

58 すぎ

神奈備《かむなび》の神依《かみよ》り板《いた》にする杉の
思ひも過ぎず恋の繁きに（巻九・一七七三）

須疑・榲・杉
スギ　スギ科　花期早春

◆大　意　神奈備の神の依り憑く板にする杉のように、私の思いも過ぎ去らない。恋の激しさに。

58　すぎ

◆万葉背景　集中十二首。神奈備は神の宿る杜《やしろ》のこと。「すぎ」の森には神が寄りつくと考えられてきました。巻四・〇七一二の「味酒《うまさけ》を三輪《みわ》の祝《はふり》が斎《いは》ふ杉手触《すぎてふ》れし罪か君に逢《あ》ひがたき」〈（味酒を）三輪の神官が大切に崇め祭っている神木の杉、その杉に手を触れた罰でしょうか、あなたにあうことが大変難しい〉にも「すぎ」に畏敬《いけい》の念をみることができます。

三輪の御祭神の一柱《ひとはしら》に、酒の神さまの少彦名神《すくなひこなのかみ》がまつられています。地元の人たちに「三輪さん」の愛称で親しまれている大神《おおみわ》神社はお酒の神さまとして蔵元などがこぞってお参りをします。造り酒屋の軒先《のきさき》に吊《つ》り下げてある杉玉は「三輪の杉ばやし」などと呼ばれています。スギは香りが芳醇《ほうじゅん》なことから酒樽《さかだる》にも使われました。

大神神社は、衣懸ノ杉、星降杉など情緒ある名で親しまれたスギが、山麓に集中してきたことでも知られてきました。

はな模様　スギはスギ科スギ属の常緑高木です。雌雄同株で早春に開花します。日本原産で世界に誇る特産樹です。屋久杉は天然記念物で知られています。庭園でみかける杉に京都の北山杉《きたやますぎ》を土台にして形づくられていく「台杉」がありますが、奈良県大宇陀《おおうだ》町は、台杉の生産地としても名高く見事なスギの造形美をみることができます。

「雨ふかき大杉がなかは物ものしく伽藍《がらん》の屋根の大きく暮れつ」
中村憲吉

59　すげ

59 すげ・すが

須気・須我・菅

カサスゲ　カヤツリグサ科

花期四～七月

高山の巌《いはほ》に生《お》ふる菅《すが》の根《ね》の
ねもころごろに降り置く白雪《しらゆき》　（巻二十・四四五四）

橘諸兄《たちばなのもろえ》

◆大　意　高い山の巌に生えている菅の根の、ねんごろに至らぬ所なく降りつもった白雪だ。

◆万葉背景　集中「すが」「すげ」と思われるのは四十八首。橘諸兄は、元、葛城王《かつらぎのおおきみ》といい、母は犬養橘三千代。光明皇后の兄に当たります。家持とは親しく、『万葉集』の撰は彼の意によるといわれています。

菅の根のように目につきにくいものをモチーフに使い、心の奥に深く秘めている思いを、雪が降り置くと表現しているところなどはさすがです。

歌唱にも「菅《すげ》の笠《かさ》」などと歌われていますが、葉を乾燥させて、蓑《みの》や笠を編む材料にしました。

大切な繊維資源の一つとして、大正時代までは栽培もされていたそうです。

はな模様　スゲは、カサスゲといいカヤツリグサ科スゲ属の草木の総称です。種類が多く、日本に自生するものだけでも二百種はあるだろうといわれています。

茎は時に一メートルの高さにもなります。花期は四～七月。雌花穂はやや大きめで三～十センチメートル近くあり、日本全土でみられます。

「すげの実の碧《あお》きをはなたずもてあそぶ幼児はすわるぬれし道の上」　土屋文明

60 すみれ

春の野にすみれ摘みにと来《こ》し我《われ》そ
野をなつかしみ一夜《ひとよ》寝にける（八巻・一四二四）

山部赤人

須美礼

スミレ　スミレ科　花期四～五月

◆大　意　春の野にすみれを摘むために来た私は、野に心をひかれて、そこで一夜宿った。

◆万葉背景　「野」を「女性」とみるむきもありますが、色恋でなく、自然そのものを正直に受けとめる素朴さも良いものです。詩人赤人のモチーフとなったこの「すみれ」は、単純に「野の花」としての響きを残しておきたい歌です。見慣れた素顔のような素朴《そぼく》さは、きっと古代人にも親しまれていたことでしょう。

もう一首、大伴池主が詠んだ長歌（巻十七・三九七三）があります。山辺の情景は、桜の花が散り、かほ鳥（かっこう）が絶え間なくしきりに鳴いています。そして春の野には少女たちが菫《すみれ》を摘もうと白妙《しろたえ》の袖《そで》を折り返し、紅の赤裳の裾《すそ》を引いています。この歌共々に男性の描写は「すみれ」を「摘む」と表現しています。「つぼすみれ」とあわせて集中四首になります。

古代ギリシャの風習で、結婚式に被《かぶ》った冠《かんむり》はニオイスミレです。

はな模様　スミレ科です。花は二センチメートルほどで、濃い紫色をしています。スミレ科の植物は世界に十六属八百五十種はあるといわれていますが、日本にはＶｉｏｌａ（スミレ属）だけだそうです。人家に近い陽地を好みます。開花時は四～五月です。

「すみれ摘む花摺り衣露を重みかへりてうつる月草の色」

藤原定家『拾遺愚草』

60-1　すみれ

60-2　すみれ

60-3　すみれ

61 すもも

わが園の李《すもも》の花か庭に降《ふ》る
はだれのいまだ残りたるかも（巻十九・四一四〇）

大伴家持

李
スモモ　バラ科　花期四月

◆大　意　わが庭の李の花だろうか、庭に降った薄雪がまだ残っているのだろうか。

◆万葉背景　「すもも」と見えるのはこの一首です。家持が任地の越中（今の富山県）の国守《こくしゅ》の時の歌で、数えの三十三歳。家持は歌作の半数以上をこの地で詠みました。繊細で感傷的《かんしょうてき》な歌風が特徴です。家持はまた、歌の半分近い二百二十首に植物を詠み、その種類は約六十種に及びます。

ここでは園と庭を分けていますが、園は果樹園や菜園をさし、庭は神事などの行事をする場所をいいました。

「李」は酸っぱい桃の意です。漢名は「李」といい、果実は薬用になります。盗人仲間の隠語では幼児のことを「すもも」というそうです。といっても盗人の友人がいるわけではありませんが。

はな模様

スモモはバラ科サクラ属の落葉小高木です。中国原産です。我が国では果実として栽培されてきました。葉は小さく春に一～三個の白い花がかたまって咲きます。果肉は甘酸っぱく生食もできますが、ジャムなどに加工されます。

「夕ぐれてかへり来しかば木を見ずて李やなると母に問ふかも」
土屋文明

62 せり

世理・芹子

セリ　セリ科　花期七～八月頃

あかねさす昼は田賜《た》びてぬばたまの
夜《よる》の暇《いとま》に摘《つ》める芹《せり》これ（巻二十・四四五五）
葛城王《かつらぎのおおきみ》

◆**大　意**　（あかねさす）昼間は田を分け与え、（ぬばたまの）夜の暇をみて摘んだ芹ですよ、これは。

◆**万葉背景**　「せり」は集中二首。葛城王は橘諸兄のこと。班田とは、六歳以上の民に、人数によって田を割り当て租税を徴収する班田収授法《はんでんしゅうじゅほう》という律令の制度です。彼はその担当に任命されていました。

中国には「献芹《けんきん》」という言葉があり、今の粗品にあたるそうです。「ますらをと思へるものを大刀佩《は》きて可尓《かに》波《は》の田居《たゐ》に芹《せり》そ摘《つ》みける」（巻二十・四四五六）の返歌があります。

昼働いて夜苦労して摘んだ「せり」ですよ。まあ、立派なお役人と思っておりましたものを大刀を腰にはきながら、カニのように這って、蟹幡《かには》の田んぼで「せり」を摘んで下さってと、二人で戯《たわむ》れています。

はな模様

セリはセリ科セリ属。春の七草の一つで若い芽は食用にします。水田の溝や湿地に群生します。山菜の代表格として若芽を摘んだ経験がある方も、花はあまり気が付いていないのではないでしょうか。七～八月頃に、白い五弁の小さな花をつけます。

「さすたけのきみがみためとひさかたの雨間に出でてつみし芹ぞこれ」
良寛

62　せり

コラム「万葉の歌人たち」

④ 知性ある良識派「大伴坂上郎女」

大伴　坂上郎女《おほとものさかのうへのいらつめ》は万葉後期の女流歌人です。父は大伴安麻呂、母は石川内命婦です。大伴家は貴族の名門で、大伴家持の父である旅人と、異母兄妹の関係になります。

このような文芸一族の環境の中で成長し、奈良へ都が移ると、父が佐保の里（現在の奈良市）に邸を構えたため、佐保の地に長く住んでいました。「坂上郎女」は、坂の上のお嬢さんといった呼び名で、名前ではありません。

彼女は、十三～四歳頃に穂積皇子《ほづみのみこ》と結婚しますが、二年で死別。次に藤原麻呂（不比等の四男）と結婚。この恋は一～二年で終わりに。三度目に、異母兄の宿奈麻呂（旅人の弟）と結婚をし、坂上大嬢と坂上二嬢を産みます（この大嬢が後に家持の妻に）。

旅人の妻亡き後は、家政を取り仕切る家刀自として、旅人の任地であった大宰府まで赴き、幼い家持の養母的役割もし、その力を発揮しています。この地では、山上憶良らと交流があります（「うめ」の項を参照下さい）。

彼女の歌は、集中八十四首収録されていますが、相聞歌であっても、直情的にならず、良識を逸せず、知性を併せ持つ歌人としての自画像を感じさせます。

『万葉集』の蒐集作業もしています。

63 たけ

多気・太気・竹
マダケ　イネ科

さす竹の大宮人《おほみやひと》の家と住む
佐保《さほ》の山をば思ふやも君（巻六・〇九五五）
石川足人《たるひと》

◆大　意　（さす竹の）大宮人が家として住んでいる、佐保の山辺を心にかけておられますか、あなた。

◆万葉背景　「たけ」は、長ける、猛に通じ、名づけられたといいます。集中二十首。

家持の叙情歌の最も優れた作品として知られる「我《わ》がやどのい笹群竹《ささむらたけ》吹く風の音のかそけきこの夕《ゆふへ》かも」（巻十九・四二九一）我が家の笹と叢竹を吹く風の音がかすかに聞こえるこの夕方だ。があります。こちらは、家持の終焉《しゅうえん》近くの歌ですが、天に向かって伸びやかなタケにではなく、黄昏《たそがれ》時の竹を揺るがす風の音に寄せている心情に想いが止まります。

竹のなよっとした姿から、（なよ竹の）は、貴人の風情《ふぜい》や女性のたおやかさに通じる枕詞にもなっています。

竹といえば、日本最古の物語として平安時代に書かれた『竹取物語』があります。『万葉集』巻十六・三七九一に、「竹取の翁」の話がでてきますが、物語との関係については、いまだ解決をみていません。

はな模様　タケはイネ科に属します。地下茎で繁殖《はんしょく》し、花はめったに開花せず、花をつけると枯れてしまうこともあるそうです。このメカニズムの詳しいことは、解明されていません。

モウソウダケをはじめ、自生のマダケ、ハチクなどの名はよく知られています。正倉院にある「樺纏《かばまき》尺八」はハチクと鑑定されています。

「ひるさむき光しんしんとまぢかくの細竹群《ほそたかむら》に染みいるを見む」
斎藤茂吉

64 たちばな

多知波奈・多知婆奈・多知花・橘
タチバナ　ミカン科　花期六月頃

君が家の花橘は成りにけり
花なる時に逢はましものを（巻八・一四九二）

大伴坂上郎女

◆大　意　あなたの家の花橘はもう実になってしまいました。花であった時に逢えたらよかったのに。

◆万葉背景　集中六十九首です。『古事記』では、橘は非時香果《ときじくかくのこのみ》とされています。非時香果とは、時ならぬ意で、「香りたかい果実」という意味です。この花木は嘉祥《かしょう》植物として定着していきます。名前は、この実を持ち帰った田道間守《たじまもり》→多遅花に由来するといわれています。

京都御所の紫宸殿《ししんでん》の「右近の橘」に、培養《ばいよう》品種のタチバナをみることができます。

科学や芸術など、文化の発展に卓絶した功績があった人を称える文化勲章《くんしょう》は、この橘花をかたどった章に淡紫色の綬《じゅ》（勲章のひも）がついています。

はな模様　タチバナはミカン科の常緑小高木です。葉はツヤツヤして枯れることがないことから、繁栄のシンボルとされてきました。日本におけるタチバナの原生は少なく、ごくまれにしか見られませんが、六月頃に小さな白い花を咲かせ、冬に実をつけます。実は酸味が勝って、食用より観賞花木といえそうです。

「君睡れば灯の照るかぎりしづやかに夜は匂ふなりたちばなの花」

若山牧水

64-1　たちばな

642　たちばな

65 たで

童《わらは》ども草はな刈りそ八穂蓼《やほたで》を
穂積《ほづみ》の朝臣《あそ》が腋草《わきくさ》を刈れ（巻十六・三八四二）

平群朝臣

蓼
ヤナギタデ　タデ科　花期七〜十月

◆大　意　子供らよ、草は刈るな。（八穂蓼を）穂積の朝臣さんの脇毛を刈れ。

◆万葉背景　集中三首。腋毛《わきげ》かワキガかは取り様の面白さですが、ちなみに出家は、頭髪のみならず、腋毛もそらなければならなかったそうです。

「蓼食う虫も好き好き」とは、蓼の葉は、たいそう辛く、その辛いタデを好んで食べる昆虫があることから、「人の好みも様々」という時に使います。谷崎潤一郎が書いた『蓼食う虫』という作品は、昭和三年十二月（一九二八）に「大阪毎日新聞」「東京日日新聞」に発表された新聞連載小説です。挿絵は大阪出身の洋画家小出楢重が描きました。

はな模様　タデは、タデ科の植物の総称です。

理学博士の長田武正氏は、タデ科には有用な植物が三種

65-1　たで

あるといいます。その一つが、藍をとるために栽培されているタデアイ、もう一つは蓼食う虫で知られるヤナギタデ、この若芽は刺身のつまに使われます。そして最後のひとつはソバであると。タデは種類が多く、辛みがあるのはヤナギタデで、オオケタデ、イヌタデなどは辛くないようです。天然アユの塩焼きも「タデ酢」に限ります。

「酒のみの主人とおもへ庭の隅に植ゑられし草は胡椒青蓼」

若山牧水

65-2　たで

66　たはみづら

66 たはみづら

安波《あは》峰《を》ろの峰《を》ろ田に生《お》はるたはみづら
引かばぬるぬる我《あ》を言《こと》な絶え（巻十四・三五〇一）

多波美豆良
ヒルムシロ　ヒルムシロ科
花期六〜十月

◆大　意　安波の峰の山田に生えているタワミヅラのように、引いたらずるずると寄ってきて、私への言葉は途絶えてくれるな。

◆万葉背景　集中一首。「たはみづら」は、田に生え引けばぬるぬるしている植物ですが、なにかというと未だ研究段階のようです。

ここではヒルムシロ説をとりあげてみました。田んぼに入って、ヒルに吸い付かれたご経験はありませんか。足の吸われたところが、みるみるプーッとふくれてきます。この葉にそのヒルがつくことからこの名がつきました。水田に蔓延《はびこ》るとかなわない害草と厄介《やっかい》がられます。

はな模様　ヒルムシロは池や水田などに生える多年草です。ヒルムシロ科ヒルムシロ属で、根や茎は泥の中にあり、水面下に沈んだ葉と水面上に浮き葉をつけます。よく似た種類のものも多く、見分けが難しく浮き葉の大きさも大小様々です。
六〜十月にかけて、葉のわきに穂状の細かな黄緑色の花をつけます。日本全土でみられます。

「水のあやをへりとや花のひる筵」　重好

67 たへ・たく・ゆふ

春過ぎて夏来《き》たるらし白《しろ》たへの
衣《ころも》干《ほ》したり天の香具山《かぐやま》（巻一・〇〇二八）
持統天皇《じとうてんのう》

多閇・多倍・細布・細・妙・栲・布・白・木綿・雪・多久・結経・由布・霊

コウゾ　クワ科　花期六月頃

67　たへ

◆大　意　春が過ぎて、夏が来たらしい。真っ白な衣が干してあるよ、天の香具山に。

◆万葉背景　季節感を感じる有名な歌です。集中「たへ・たく・ゆふ」とみえるのは百三十九首。

「白たへの衣」とは、楮《こうぞ》の皮の繊維で作った布をいいますが、「白たへの麻衣」の例もあり、広く「白い色の」でしょうか。

中西進氏は、この歌の万葉仮名の「妙」は「好」字の借訓としています。また、衣を神祭りの衣とする説があるそうです。

坂上郎女が詠んだ巻三・〇三八〇にでてくる「木綿たたみ」は神に捧げるために、白い木綿を折りたたんだものです。憶良が詠んだ巻五・〇九〇二の「栲縄《たくなは》」はコウゾで綯《な》った縄のことで、「栲縄の」は千尋《ちひろ》の枕詞で使われています。

はな模様　コウゾはクワ科の落葉低木。西日本の山地に自生し、繊維をとるために栽培されてきています。コウゾ、ミツマタといえば、樹皮は製紙の原料としても有名です。春に小さな花をつけ、六月頃には実をつけます。

「しろたへの衣手寒し秋の夜の月中空に澄み渡るかも」　良寛

68

たまかづら

玉かづら幸《さき》くいまさね山菅《やますげ》の
思ひ乱れて恋ひつつ待たむ（巻十二・三二〇四）

多麻可豆良・玉葛・玉縵
スイカヅラ　スイカヅラ科
花期五～六月

◆大　意　（玉かづら）ご無事でいらしてください。（山菅の）思い乱れて恋い焦がれながらお待ちしましょう。

◆万葉背景　集中十二首です。「たまかづら」を一つの植物としてみるのは難しいようです。蔓のある植物を総称して、絶えることなくなどの意をこめているものと思われます。

つる植物には、フジのように幹そのものが他の植物に巻きついていくものや、茎が絡《から》みついたり、髭などで隣に生えている枝などに引っかけて上へよじ登っていくものなどがあります。

『万葉集』には他に「くそかづら」「さねかづら」「くず」「ひかげのかづら」などの名が出てきています。それぞれの項をご覧下さい。

はな模様　ここではスイカヅラをとりあげてみます。スイカヅラはスイカヅラ科で、草原や林などに生えるつる性の低木です。葉は冬でも枯れません。花期は五～六月。白い花が二個ずつ仲良く並んでつき、のちに黄色くなります。花は香りが強く、摘んで吸うと甘い蜜《みつ》がでてきます。

「谷せばみ峰まではへる玉かづら絶えむと人にわが思はなくに」
『伊勢物語』

68　たまかづら

69

たまばはき

初春《はつはる》の初子《はつね》の今日の玉箒
手に取るからにゆらぐ玉の緒
（巻二十・四四九三）
大伴家持

多麻婆波伎・玉掃
コウヤボウキ　キク科　花期秋

69　たまばはき

◆大　意　初春の初子の今日の玉箒は、手に執るだけで揺れて音がする玉飾りの緒である。

◆万葉背景　集中二首。お正月に内裏《だいり》では「たまばはき」を下されて宴が催されています。「始春の初子の日」は、養蚕や農耕の奨励《しょうれい》のための恒例《こうれい》行事だったようです。

参加者たちは、それぞれの想いを歌に託し詠奏しました。その時のために家持はこの歌をあらかじめ用意していましたが、政務におわれて、出席できなかったとのことです。

たまばはきの装飾《そうしょく》が初春の儀礼を伝え、年の始めの祈りが、軽やかな玉飾りの音から伝わってきます。

「たまばはき」は「こうやぼうき」の古名です。コウヤボウキで作った箒《ほうき》は、蚕の床を掃《は》くのに使われていました。

浄瑠璃の「八百屋お七」（江戸桜）に「よしなきことを仕出して、恋の罪《つみとがわれ》 我ひとり、かき集めたる、玉ばはき」とあります。

はな模様　植物のコウヤボウキは、キク科の落葉小低木で山野に自生します。茎は刈って箒とします。丈は六十～九十センチメートル前後で、秋に枝先に白色の花をつけます。

「玉ばはき春の初子にたをりもち玉の緒長く栄ゆべらなり」
藤原仲実『堀河百首』

70 ち・あさち・ちがや・つばな

家にして我《あれ》は恋ひむな印南野《いなみの》の
浅茅《あさぢ》が上に照りし月夜《つくよ》を（巻七・一一七九）

浅茅・茅草・茅花・安佐治
チガヤ　イネ科　花期四〜六月

◆大　意　家にあって私は恋いこがれていようよ。印南野の浅茅の上に照っていたあの月よ。

◆万葉背景　「ちがや」は、「あさち」「ち」「つばな」ともみえ、二十七首に及びます。

「松蔭《まつかげ》の浅茅《あさぢ》が上の白雪《しらゆき》を消《け》たずて置かむことはかもなき」（巻八・一六五四）大伴坂上郎女は、松の木蔭の浅茅の上の白雪を消さずに置くような方策はないものでしょうかと詠うのです。

万葉人は、散らないで・刈らないで・結びたいと詠い、そのメタファー（隠喩《いんゆ》）は、白雪・照る月・鳴くコオロギと豊かです。

夏の神事である茅輪《ちのわ》くぐり（夏越祓《なごしのはらい》）は、チガヤで作った輪をくぐると、災厄《さいやく》を免《まぬが》れるという故事に由来します。茅輪くぐりは、人の心も和やかにするといい伝えられてきました。

70　ち・あさち

はな模様　イネ科の多年草です。チガヤは川原や土手などの日当たりの良い場所に群生し、四月～六月に茎の先に花穂《かすい》をつけます。

「浅茅生の小野の篠原　しのぶとも人しるらめや　いふ人なしに」

『古今和歌集』

71 ちさ・やまぢさ

山ぢさの白露《しらつゆ》重《おも》みうらぶれて
心に深く我《あ》が恋止《や》まず　（巻十一・二四六九）

知左・山治左・山萵苣

エゴノキ　エゴノキ科　花期五月頃

◆大　意　山ぢさが白露を重たがってしなだれるように、うちしおれて心の奥深く、私の恋は止まない。

◆万葉背景　「ちさ」とみえるのは一首、やまぢさとみえるのが二首あります。

ちさはエゴノキとイワタバコとする説があります。エゴノキ説をとると、純白な花が透き通るような露を受けている。でもその重みでうなだれて色あせていく花の悲哀と重なります。

語源は他の草よりチイサイ（小）ところからついたとされるものや、チハ（縮葉）、茎をきるとチ（乳）汁が出てくるからなどの説があります。

「ちさ」の名にはエゴノキ（エゴノキ科）、チシャの木（ムラサキ科）、チサ（キク科）の三種があります。

日頃サラダなどで食べている野菜にチシャがありますが、この野菜が当時あったかどうかは研究の余地《よち》があるようです。

はな模様　エゴノキ科のヤマチサは落葉高木で、背丈は七～八メートルになります。五月頃、下向きに総状の白い花をつけます。種子は石鹸《せっけん》がわりになりますが有毒です。

「ちさはまだ青ばながらになすび汁」

芭蕉（真蹟懐紙）

71　ちさ

72 ちち

ちちの実《み》の 父の命《みこと》 ははそ葉《ば》の 母の命
おほろかに 心尽くして 思ふらむ （略）
（巻十九・四一六四）
大伴家持

知智・知々
イチョウ　イチョウ科

◆大　意　（ちちの実の）父君が、そして（ははそ葉の）母刀自が、おざなりな心の痛めようで思う、そんな子どもであるものか（略）。

◆万葉背景　この歌には丈夫《じょうぶ》たるものの意気込みが述べられています。集中二首あり、共に長歌で、家持が詠んだものです。「ちちの実」については、呼び名からくる「イヌビワ」説や「トチの実」説、「マツの実」説の他に、「老いたるは乳房のものの垂れる」と姿などからみる賀茂《かも》真淵《まぶち》のイチョウ説などがあります。

　イチョウの古木にはしばしば気根《きこん》（地上の幹や茎から外に出てきた根）が垂れ、それが乳の形に似ているところから、「乳銀杏《ちちいちょう》」の名で、お乳の出ない夫人たちの信仰を集めているイチョウの老木もあるそうです。ここでは、イチョウ説を取り上げてみます。

はな模様　イチョウはイチョウ科の落葉高木で、雌雄異株です。中国が原産です。ご存知のように扇形の葉をして、秋に鮮やかな黄色に紅葉します。実（ギンナン）は食用になります。

大阪・御堂筋の銀杏並木は有名です。

「ひさ方の天を一樹に仰ぎ見る銀杏《ちち》の実ぬらし秋雨ぞ降る」
長塚節

72　ちち

73

つきくさ

鴨頭草・月草

ツユクサ　ツユクサ科　花期七〜九月

月草に衣色どり摺らめども
うつろふ色と言ふが苦しさ（巻七・一三三九）

◆大　意　月草で衣を彩って摺り染めしたいが、変りやすい色だというのが苦しいことだ。

◆万葉背景　申し出を受け入れようと思うけれど、移り気な人だと聞くのが気がかりですと苦しみます。集中九首あります。

「つきくさ」は花で布を染めたことから着草《つきくさ》の意、つゆ草は露《つゆ》をおびた草の意があります。つきくさで染めた着物は、色が落ちやすいことから、『万葉集』では「移ろう心」と詠まれている歌がほとんどです。

加賀友禅作家の寺西一紘友禅工房を訪ねた折、手描き友禅の工程の下絵描きは、青花《せいか》というツユクサの花の汁を用いて輪郭《りんかく》を描くと聞きました。染付けが終わって水洗い（風物詩だった友禅流しも、今は人工川に変わってきています）をすると、その下絵《したえ》の青い線はきれいに消えてなくなる性質があるからだそうです。

73 つきくさ

はな模様

ツユクサ科ツユクサ属の一年草です。ツユクサは二枚の葉に挟《はさ》まれるようにして青い花をつけます。日本全土に分布し、七〜九月に、道ばたなどにみることができます。子供の頃に一度は手にし、青い花汁を出したことがあるのではないでしょうか。

「月草に衣はすらむ　あさ露にぬれてののちはうつろひぬとも」
『古今和歌集』

74 つげ

君なくはなぞ身装《よそ》はむくしげなる
黄楊《つげ》の小櫛《をぐし》も取らむとも思《も》はず（巻九・一七七七）
播磨娘子

黄楊
ツゲ　ツゲ科　花期三～四月頃

74　つげ

◆大　意　あなたがいなかったら、どうして身を装うことなどいたしましょう。櫛箱の中の黄楊《つげ》の小櫛も手に取ろうとも思いません。

◆万葉背景　「つげ」とみえるのは六首。

この歌は、石川大夫という播磨《はりま》の国の役人が、中央へ戻ることになり、その土地でねんごろになった娘が贈った恋歌です。さしずめ、単身赴任《たんしんふにん》先で仲よくなってしまった女性というところでしょうか。ここでの「つげ」は、植物のツゲの木そのものではなく、つげの木で作った櫛を詠っています。

つげの和名は、葉が層をなして次から次へとついていることから「次の転」とされています。

ツゲ材は堅く、緻密《ちみつ》で狂いが少ないことから、今でも最高級品として、将棋《しょうぎ》の駒《こま》やそろばんの玉などに使われています。磨《みが》くとツヤが出てくるのも特徴です。印籠《いんろう》やタバコ入れにぶら下げて用いた「根付《ねつけ》」の自慢話はつきません。

はな模様

ここでいうツゲはツゲ科ツゲ属のホンツゲで、成長は遅く、自生地はごく限られています。三～四月頃にやや淡く黄色みがかった小さな花が纏《まと》まってつきます。
庭園などに植栽されているのはイヌツゲがほとんどで、よく似ていますがモチノキ科の別物です。

「閑かさにひとりこぼれぬ黄楊の花」　阿波野青畝

75

つた・つな

都多・津田・綱・葛

ツタ　ブドウ科　花期初夏
テイカカズラ　キョウチクトウ科
花期五〜六月

石《いは》つなのまたをち返《かへ》りあをによし
奈良の都をまたも見むかも（巻六・一〇四六）

75　つた

◆大　意　（石つなの）また若返って（あをによし）奈良の都をまた見ることができるだろうか。

◆万葉背景　集中七首あり、この歌は、あのように栄えた平城京も山背国へと都が移されていったことで荒れていきます。再びの栄華は難しいだろうという思いです。

『万葉集』で「つた・つな」とあるのはどんな植物なのかは、よくわかっていません。一説にテイカカズラかという説があります。

能に、藤原定家と式子《しきし》内親王《ないしんのう》の激しい恋の物語で、死後も内親王の墓にテイカカズラがまつわりついたという伝説を脚色《きゃくしょく》した謡曲《ようきょく》があります。

語源《ごげん》は、内親王の墓にまとう（定家の）葛からきているとされていますが、「ていか」を庭の下の意とするものもあります。

茎や葉を乾燥させて、解熱《げねつ》・強壮薬《きょうそうやく》としました。

はな模様

通常ツタというとブドウ科の落葉性つる植物をさしますが、テイカカズラはキョウチクトウ科、常緑のつる性です。気根で、他の樹木や岩石に這《は》い上がります。初夏に白い合弁花をつけます。

「秋風の嵯峨野をあゆむ一人なり野宮のあとの濃き蔦紅葉」
佐佐木信綱

76

つちはり

我《わ》がやどに生《お》ふる土針《つちはり》心ゆも
思はぬ人の衣《きぬ》に摺らゆな（巻七・一三三八）

土針
メハジキ　シソ科　花期七～九月

◆大　意　私の庭に生えた土針よ、心から思っていない人の衣に摺り染めされてはならない。

◆万葉背景　集中一首です。本気で思ってもいない心根の浮気性分な男にすりよられるでないよということでしょうか。「つちはり」がどんな植物かは難しく、ツクバネソウ説（ユリ科）やメハジキ説などがあるようです。

メハジキ説では屋前に生える植物で、古代染料の一つとして葉が緑色の染料に用いられたことなどがあげられています。ただ、「摺る」には葉などを浸して染める染色だけでなく、巻七・一三六一の「かきつはた衣《きぬ》に摺り付け」のように衣に摺りつける意もあるとする見解もあり、決め手に悩むようです。

この茎を子供が、まぶたに張って目を開かせて遊んだことから、目弾きの名がつきました。

はな模様　メハジキはシソ科の越年草です。また、乾燥させ薬草として、産前産後に用いたことから、益母草《やくもそう》とも呼びます。道端《みちばた》や荒地などに生え、七～九月に、茎と葉の間に一センチメートル前後のピンクの小花をつけます。

76　つちはり

77 つつじ

たくひれの鷺坂山の白《しら》つつじ
我《われ》ににほはね妹《いも》に示さむ（巻九・一六九四）

都追慈・乍自・管仕・管士・管自・茵
ツツジ類の総称

◆大　意　（たくひれの）鷺坂山の白つつじよ、私の衣に染み付いていてくれ、帰って妻に見せよう。

◆万葉背景　集中九首。当時の「つつじ」は、花の固有名詞ではなく、種類全体の総称で、分類も「赤色」もしくは「白色」といった分け方であったといいます。

高橋《たかはしの》　連虫麻呂《むらじむしまろ》の長歌に「白雲の　竜田《たつた》の山の　露霜《つゆしも》に　色《いろ》付《づ》く時に（略）岡辺《をかへ》の道に　丹《に》つつじの（略）」（巻六・九七一）がありますが、この丹は、奈良の都にかかる枕詞「青丹よし」の丹と解釈《かいしゃく》すると、社寺などに塗られた色の赤ですので、こちらは赤い色の「つつじ」ということになります。

はな模様　春は川辺から山に上り、秋は山から里に下りて来るといい伝えられてきました。里のサクラが終わる頃、丘陵《きゅうりょう》地《ち》には薄紫色をした自生の山つつじがお目見えします。日本のツツジ類は、自生種が多いといいます。園芸的にも価値の高いものが少なくなく、手入れの行き

77　つつじ

届いたツツジをみるのもまた、見事な趣《おもむき》があります。
「下り舟岩に松ありつゝじあり」　正岡子規

78 つづら

都豆良
ツヅラフジ　ツヅラフジ科
花期七～八月

駿河の海おしへに生《お》ふる浜つづら
汝《いまし》を頼み母に違《たが》ひぬ　（巻十四・三三五九）

◆大　意　駿河の海の磯辺に生えている浜つづらのように、あなたを頼みにして母親に背いてしまった。

◆万葉背景　この時代は、男性が女性のところへ通ってくる妻問《つまど》い婚です。子供は母親の許で育てられ、恋をする頃になっても母と暮らしていますから、同居の母と男性のことで、仲たがいをすると気詰まりなものです。

浜つづらは、浜に咲く野生の蔓植物の総称です。恋心は絡《から》みつく蔓にもなります。ここでは頼みを導いています。集中二首あります。

「つづら」は強く丈夫なので、刀の柄《つか》や鞘《さや》などにも巻いて使われていたようです。

葛籠は、ツヅラフジで編んであるかぶせ蓋《ふた》のある今でいう衣装箱です。後に竹網代で代用し、柿渋や漆《うるし》を塗って使われるようになります。てんてん手まりの手がそれて「金紋先箱供揃い」と歌われた先箱は、大名行列の先頭をいった正服の入ったつづら（婚礼用具の一つ）です。金紋が入っていたのですね。蒔絵《まきえ》を施《ほどこ》したものもありました。

はな模様　ツヅラフジ科のつる性の植物です。ツヅラフジは七～八月にかけて淡黄色の花が咲きます。ハスノハカヅラの名や、茎が淡い青色をしているアオツヅラなどもあります。茎や根は生薬（鎮痛・利尿）として用いられます。

「梓弓ひき野のつゞらすゑつひにわが思ふ人に言のしげけん」
『古今和歌集』

78　つづら

79

つばき

都婆伎・都婆吉・海石榴・椿
ツバキ　ツバキ科　花期十一～五月

三《み》諸《もろ》は　人の守《も》る山　本《もと》辺《へ》には　あしび花咲き
末《すゑ》辺《へ》には　椿《つばき》花咲く　うらぐはし　山そ　泣く子
守《も》る山
（巻十三・三二二二）

◆大　意　三諸の山は、人が大切に番をして守っている山である。麓の方には馬酔木の花が咲き、上の方では椿の花が咲いている。美しい山だ。泣く子の守をするように人が大切に守っている山だ。

◆万葉背景　ツバキは日本の風土が産んだ世界に誇る花木です。『古事記』にも登場し、古くから神聖な樹木として扱われていました。

集中九首詠まれています。

「つばき」は日本語です。語源は、葉がつやつやしていることから「津葉木」などがあります。木ヘンに春で「椿」と書き、春に咲く花としても親しまれてきました。

中国名の「海石榴」は、海を渡ってきたもの（日本から中国へ）という意味があり、日本から遣隋使《けんずいし》や僧侶などの手によって、中国へ渡ったと考えられています。そ

コラム「万葉の歌人たち」

⑤ 母の姓を名乗った歌人「橘諸兄」

天平八年（七三六）、臣籍に下る以前の初名は、葛城王と呼ばれていました。父は美努王《みぬのおう》、母は県犬養橘《あがたいぬかいのたちばな》三《み》千代《ちよ》です。後の橘の姓は、母三千代が七一〇年に賜っていたもので、母の姓を継ぐことを請い、橘宿禰を許されたといいます。（巻六・一〇〇九）

光明皇后の異父兄にあたります。妻は藤原不比等の娘、多比能で、二人のあいだに橘宿禰奈良麻呂がいます。

七三七年疫疾が流行し、藤原麻呂や武智麻呂など政界の実力者が没すると、年が明けて、右大臣となり政権を握ります。七四三年には左大臣となり、朝臣の姓を賜うなど全盛を極めますが、藤原仲麻呂（「さはあららぎ」の項）の台頭によって実権を失います。

『万葉集』の成立と編纂にあって、研究がなされてきていますが、歌人としても優れ、大伴家持と親しくあり、『万葉集』の撰は、彼の意によると言われています。

晩年は不遇でした。山城国井出の里（現在の京都府井手町）に住み、ヤマブキを愛でたといいます（「やまぶき」の項を参照下さい）。優れた歌人も、政権争いの方は、あまり得手でなかったようです。

れがまた日本へ渡来してきます。

はな模様

ツバキ科の常緑高木です。ヤブツバキ、ヒゴツバキ、ユキツバキなど種類が豊富です。

品種に付いた名も、谷間の鶴・曙・村娘・雪月花・月光と多様です。利休が愛でたという「侘助《わびすけ》」の古木が京都・大徳寺塔頭の総見院《そうけんいん》にあります。

奈良には、東大寺・開山堂《かいざんどう》の「糊《のり》こぼし椿」、白毫寺《びゃくごうじ》の天然記念物の「五色《ごしき》椿」、伝香寺《でんこうじ》の「散り椿」（別名：侍《もののふ》椿《つばき》）の三名椿があります。

「遠く見て咲き立つけはひゆゆしけれ近よる椿さき沈みつつ」

岡本かの子

79-1　つばき

79-2　つばき

79-3　つばき

80　つほすみれ

80

つほすみれ

都保須美礼

ツボスミレ　スミレ科　花期四～五月

山吹《やまぶき》の咲きたる野辺《のへ》のつほすみれ
この春の雨に盛りなりけり
（巻八・一四四四）高田女王《たかだのおほきみ》

◆大意　山吹の花が咲いている野のあたりのツボスミレは、この春雨に真っ盛りである。

◆万葉背景　すでに知っていた山吹を見た野辺（当時ヤマブキは、水辺に映えよく育つと定評があり、野辺のヤマブキは珍しいとされていました）で、今度はすみれの盛りをみつけたという感動が伝わってきます。「つぼ」は庭の古語。別名ニョイスミレとも。ニョイは僧侶のもつ仏具「如意《にょい》」に形が似ていることからこう呼ばれるようになりました。

「つほすみれ」では田村大嬢が詠んだ「茅花《つばな》抜く浅茅《あさぢ》が原のつほすみれ今盛りなり我《あ》が恋ふらくは」（巻八・一四四九）と集中二首。

『万葉集』に詠まれているすみれ（計四首）の歌のうち、女性が詠んだ歌は「つほすみれ」として詠われ、共に「花の盛り」を愛でています。「すみれ」の項で紹介した男性の歌の「摘む」とあわせ、男と女の心理的な側面をのぞいたような面白さがみえてきます。

はな模様　ツボスミレは湿った草地を好むスミレ科の多年草です。花は有茎種のスミレの中では最も小さく九ミリメートルほどで、白色に紫色のすじがあります。距《きょ》は、ほぼ球形です。日本全土でみられ、開花時は四～五月です。タチツボスミレにニオイスミレとスミレ科には様々なスミレがあります。

「いれこかや坪のうち成壺すみれ」　貞徳

81 つるばみ

紅《くれなゐ》は移《うつ》ろふものそ橡《つるはみ》の
なれにし衣《きぬ》になほ及《し》かめやも　（巻十八・四一〇九）

大伴家持

都流波美・橡
クヌギ　ブナ科　花期五月頃

◆大　意　紅というのは色褪せるものだ。橡染めの着馴れた衣にやはり及ぶことがあろうか。

◆万葉背景　この衣服は「なれにし衣」「解き洗い衣」ともいわれている黒い庶民用衣服のようです。華やかではないけれど味わいある、妻のことに寄せて思いを詠《うた》っています。

『万葉集』に詠われている「つるばみ」はどれも植物そのものでなく、つるばみ染めや、その着物として詠われています。集中六首みえます。

奈良時代には、奴婢《ぬひ》（男は奴・女は婢）はつるばみ色（黒）の衣を着ることが法令で定められており、人から見て、一目で奴婢であることが、分かるようになっていたといいます。古代の身分制は、定められた階層ごとに、衣服の色はもちろんのこと、帯や材質まで、定められていたのです。

はな模様　ツルバミは、ブナ科の落葉高木のクヌギのことです。葉はクリに似ています。五月頃に花をつけ、秋につける丸みのある大きな実は「オカメドングリ」といわれています。薪炭材《しんたんざい》としては最高の品質です。

「薬師寺はついぢのかげをまがりゆくつるばみのきぬの寂しき初秋」

佐佐木信綱

ところづら

82

皇祖《すめろき》の神の宮人《みやひと》ところづら
いや常《とこ》しくに我《われ》かへり見む（巻七・一一三三）

冬薮蕷都良・冬薯蕷葛
トコロ　ヤマイモ科　花期夏

◆大　意　代々の天皇にお仕えする宮人として、（ところづら）いよいよとこしえに私はまた来て見よう。

◆万葉背景　集中二首。植物のトコロの蔓がどこまでも伸びていくところから永久に続く「いやとこしくに」にかかっています。

茎や葉がヤマイモに似ているのでこの字が当てられているようです。「ところ」は「野老」の古名もあります。

はな模様　トコロはヤマイモ科の多年草です。蔓草性植物で葉は心臓のようなハート形をしていて、夏に淡い緑色の小花を穂状につけます。雌雄異株で、雌の花序は垂れて枝がありませんが、雄の方は枝を分けて直立しています。トコロには、オニドコロ、ヒメドコロ、ウチワドコロなどあり、葉の形状などが少しずつ違います。ウチワドコロは、長いひげ根の地下茎を老人に見立て、正月の床飾りとしたり、オニドコロを飾って長寿を祝うところもあるようです。古くは食用にしていたようです。

82　ところづら

「なづきの田の　稲幹《いながら》に　稲幹に　匍ひ廻ろふ　野老蔓《ところづら》」　『古事記』

83 なぎ

83 なぎ・こなぎ

春霞《はるかすみ》春日《かすが》の里の植《う》ゑ小水葱《こなぎ》
苗《なへ》なりと言ひし柄《え》はさしにけむ（巻三・〇四〇七）
大伴駿河麻呂

水葱・古奈宜・子水葱
ミズアオイ　ミズアオイ科
花期九～十月

◆大　意　（春霞）春日の里の植え小水葱は、まだ苗だと聞きましたが、もう葉柄は伸びたことでしょう。

◆万葉背景　集中「なぎ」が一首、「こなぎ」は三首みえます。

この歌は、詞書《ことばがき》に坂上家の二嬢を娉《つまど》ふ歌とありますから、駿河麻呂が、家持の妻の妹の二嬢（坂上郎女の娘）を正式の妻にしたいと願い贈ったものです。

婚を求められる時に、あどけない童女から女性に成長したであろう様を「こなぎの苗の伸び」と譬《たと》えられたのでは、女性としてはあまり嬉しくなく少し下品な気がします。

「なぎ」はミズアオイのことで、「こなぎ」はその小形のものです。古名の「なぎ」は、菜葱などの字を当て食用としました。水葱として詠み込んだ歌が巻十六・三八二九にあり、「ひる」の項で取り上げています。葉を食用としていたと思われます。

はな模様　ミズアオイは水田や沼地に生える一年草で、ミズアオイ科ミズアオイ属です。葉の形がアオイに似ていることからこの名があります。九～十月に茎の頂に、三センチメートルほどの青紫の花を咲かせます。

84 なし

もみち葉のにほひは繁し然れども
妻梨《つまなし》の木を手折《たを》りかざさむ　（巻十・二一八八）

梨・成
ナシ　バラ科　花期四月頃

◆大　意　黄葉の色は実にさまざまだ。しかし私は妻梨の木を折って髪挿しにしよう。

◆万葉背景　いくら便りをしてもさっぱり音沙汰の無いことを「なしのつぶて」といいます。妻梨という木はありませんから、一人身の空しさでしょうか「無」を「梨」にかけています。

巻十六・三八三四に、梨が実り棗《なつめ》が熟れて黍《きび》・粟《あわ》と次いで出てくる歌があり、集中三首です。

持統天皇の詔にも「くわ・からむし・栗・かづらとともに梨を栽培して五穀の助けとせよ」とあり、すでに栽培されていたことがわかります。

語源は「中白」の略から、風があると実らないところから「風なし」、「なす」の転などの説があります。

はな模様　バラ科の落葉高木です。今私たちが食べているナシは日本の中部以南に自生していた原種から、果樹として改良されたものです。おいしさは「二十世紀」や「長十郎」などの品種名で知られています。

花期は四月頃で、白い五弁の花をつけます。

「梨の花家をかこみて咲きゐたり春ゆくらむとおもふ旅路に」
斎藤茂吉

84-1　なし

84-2　なし

コラム「万葉の歌人たち」

❻ 優れた技巧と叙情性を持つ「大伴家持」

奈良時代後期の歌人で、『万葉集』編纂の第一人者として知られています。彼の歌は、優れた技巧と叙情性を持ち、集中四百七十九首が納められています。そのうちの二百二十首に植物を詠んでいる植物詩人です。中でも「あやめぐさ」や「たちばな」「なでしこ」「はぎ」などは、一花に何首も詠んでいます。

主な家系は、コラム「大伴坂上郎女」の項で紹介していますが、少年時代は父（旅人）の任地であった筑紫（九州の古称）で過ごしました。文芸を好む名族大伴の長子として育った彼は、年少のころから歌作に親しんだといいます。

十代後半から三十までの青年期、内舎人時代に、二百六十首余の歌を詠みます。相聞歌は九十余首に及び、贈答歌の相手は、有名無名の多くの女性でした。三十歳からの越中守時代（現在の富山県）の五年間は、任地の風土や自然、生活などに関する歌を多く残しています。弟、書持の突然の訃報に絶句し悲嘆にくれた（巻十七・三九五七）のもこの時期です。

大伴宗家の継承を願う大伴坂上郎女の勧めで、長女の大嬢を、後の正室にしています。

なつめ

85

玉箒《たまばはき》刈り来《こ》鎌麻呂《かままろ》むろの木と
棗《なつめ》が本《もと》とかき掃かむため（巻十六・三八三〇）
長意吉麻呂《ながのおきまろ》

棗
ナツメ　クロウメモドキ科　花期夏

◆大　意　玉箒を刈って来い、鎌麻呂よ。むろの木と棗の根元を掃除するために。

◆万葉背景　集中二首。鎌麻呂は刈るカマを擬人化しているのでしょうか。玉箒、むろの木、「なつめ」と鎌の四種を使って遊んでいます。

玉箒はキク科の植物で、コウヤボウキのことです。玉飾りのついたものを「たまばはき」といいます（「たまばはき」の項を参照ください）。トゲのある棗の根元をそれで掃くというのが少し滑稽です。

漢方では果実を解熱・強壮薬として用います。また、実を乾燥させて刻み煎じて作ったものは染料になり、茶系統の色を出します。木材は細工ものに使われました。茶薄茶の道具の茶入れの「棗」は、形がナツメの実に似ているところからついたものです。

はな模様

ナツメはクロウメモドキ科です。初夏になってから芽を出すことから（夏芽）ナツメといわれています。夏には、淡い黄色の小さな花が集まって咲きます。ヨーロッパ南東部からアジアの原産で、日本へ渡来してきました。実は食用になります。

「祇園の鴉《からす》愚庵の棗くひに来る」　正岡子規

85　なつめ

86

なでしこ

秋さらば見つつしのへと妹《いも》が植ゑし
やどのなでしこ咲きにけるかも（巻三・〇四六四）
大伴家持

奈泥之故・奈弖之故・那泥之古・石竹・瞿麦
ナデシコ　ナデシコ科　花期七〜十月

◆大　意　秋が来たら見て愛でて下さいと、妻が植えた、庭前のなでしこが咲いたよ。

◆万葉背景　「なでしこ」の花に寄せて思いを縷《る》々《る》詠んでいる家持ですが、この一首は、亡き妻のこと。家持が詠んだもう一首の「我《わ》がやどに蒔《ま》きしなでしこいつしかも花に咲きなむなそへつつ見む」（巻八・一四四八）、わが家の庭に種を蒔いたなでしこは、いつになったら花に咲くだろうか。それをあなたと思ってみよう。この待ち遠しく思う気持ちは、後の正妻となる坂上大嬢をさしています。

　庭先の軒下《のきした》の石だたみのところに顔を出したなでしこは、見る側の心情によって、感傷《かんしょう》にも、もう少し頑張れ！といった応援歌にもなるのでしょうか。

　二十六首ありそのうち十一首が家持の歌です。

江戸時代以降、清楚《せいそ》な日本女性を「大和《やまと》撫子《なでしこ》」といいましたが、平安時代に漢種が伝来し、「漢ナデシコ」と呼ばれたのに対してこう呼んだようです。唐《から》詩が入ってくるとこれまで「歌」といっていたものを「和歌」と呼ぶようになったのと同じです。

はな模様　ナデシコはナデシコ科ナデシコ属の多年草で、秋の七草の一つです。七〜十月にかけて咲きます。花の先が細かく切れ込んでいるのが特徴です。淡い紅色が主流ですが、時に白い花もあります。

「撫子のとこなつかしき色を見ばもとの垣根を人や尋ねむ」
『源氏物語』

86　なでしこ

87

にこぐさ

尓古具佐・尓故具左・似児草・和草
ハコネソウ　イノモトソウ科
アマドコロ　ユリ科　花期四～五月

秋風になびく川《かは》びのにこ草《ぐさ》の
にこよかにしも思ほゆるかも（巻二十・四三〇九）

大伴家持

◆大　意　秋風になびく川のめぐりのにこ草のように、にこやかにほほえましく思われる。

◆万葉背景　集中四首。「にこぐさ」は、「にこやか」を導くために使われています。

にこぐさは、小草の生えそめてやわらかなものをいうのか、特定の草名なのかは未詳です。

断定は難しいようですが、川辺や葦垣《あしがき》などの傍《そば》に咲いていた（巻十一・二七六二）様子がうかがえます。古名に「はこねしだ」「あまどころ」があります。

はな模様　ハコネソウは、ハコネシダの別名。初めに箱根山で採取されたことからこの名になりました。イノモトソウ科クジャクシダ属の常緑多年草シダです。山地のガケなどに生え、乾燥させたものは去痰《きょたん》などの薬に用いられました。アマドコロはユリ科で、原野や山に生える多年草です。葉は緑色ですが裏は白っぽくみえます。円形の地下茎《ちかけい》が横に伸びその先に茎が出て小さなユリのような花を下げます。花期は四～五月、日本全土でみることができます。日本名は、地下茎にトコロ（ヤマイモ科）に似た甘みがあるからのようです。

「和草や忘れられしと思ひつつ」　浜本るり

87　にこぐさ

88 ぬなは

蓴
ジュンサイ　スイレン科　花期夏

我《あ》が心ゆたにたゆたに浮き蓴《ぬなは》
辺《へ》にも沖にも寄りかつましじ（巻七・一三五二）

◆大　意　私の心はゆらゆらと漂う蓴菜《じゅんさい》、岸にも沖にも寄ることができないであろう。

◆万葉背景　集中一首。「ぬなは」はスイレン科の水生の蓴菜です。池や沼の泥に根を下ろし、水面に楕円形《だえんけい》の葉を浮かべますので、「うきぬなは」といいました。ぬるぬるとした花粘物質に覆《おお》われている若芽を食用としました。

今もジュンサイは美味で知られていますが、ぬるぬるして箸《はし》などでつかみにくいことから、上方では、どっちつかずであったり、のらりくらりしていたり、いいかげんなさまをいうときに、「じゅんさいなこと（いいなさんな）」などと使います。

はな模様　ジュンサイは、スイレン科ジュンサイ属の多年生水草です。泥の中にある根茎から長い茎を伸ばし水面に葉を浮かべます。

夏に咲きます。

花は、水面に出た花茎の先に一個だけつけ、淡い紅色で若芽は、ビン詰めなどの普及で家庭の食卓にものぼるようになりました。蓴菜舟を浮かべて採る様子が、テレビなどで放映されています。

「蓴菜生ふる池をめぐりて奥庭の祠見に行く昼の雨かな」　木下利玄

89 ぬばたま

ぬばたまの夜《よ》のふけゆけば久木生《ひさぎお》ふる
清き川原《かはら》に千鳥しば鳴く　（巻六・〇九二五）
山部赤人

奴婆多麻・奴波多麻・奴婆多末・奴婆珠・奴婆玉・野干子・野干玉・夜干玉・烏玉・烏珠・黒玉

ヒオウギ　アヤメ科　花期七〜八月

◆大　意　（ぬばたまの）夜が更けて行くと、久木の生えている清い川原に千鳥がしきりに鳴いている。

◆万葉背景　集中八十首あります。花はヒオウギをさしています。この実が漆黒色で宝石のように光沢《こうたく》があったことから、花そのものでなく、黒い玉、暗い、夜のたたずまいへといざないます。

巻十一・二五八九のように「ぬばたまの夢《いめ》にも見えず」と夢に懸《か》かっている歌もあり、花言葉は「夢」だそうです。ヒオウギというと、威儀《いぎ》を正す時に用いる檜扇《ひおうぎ》をイメージしますが、葉が根元からつく様子が、あたかも扇を広げたようにみえることからこの名がつきました。この久木は未詳です。

はな模様　ヒオウギは、本州以南の山地などに自生していた多年草で、アヤメ科ヒオウギ属の一属一種です。

花の赴《おもむ》きが豊かなことから、祇園祭や天神祭など夏のお祭りには欠かせない生花になっています。漢名では「射《や》干《かん》」といい、中国では紫色の花に限るそうですが、日本における園芸品種には、黄色、白、橙、ピンクなどの花色があります。

「ひあふぎの花のあはれをわれ見ずて夏ふけし山下りか行かむ」
斎藤茂吉

89-1　ぬばたま

89-2　ぬばたま

90

ねつこぐさ

芝付《しばつき》の御宇良崎《みうらさき》なるねつこ草《ぐさ》
相見ずあらば我《あれ》恋ひめやも（巻十四・三五〇八）

根都古具佐
オキナグサ　キンポウゲ科
花期四〜五月
ネジバナ　ラン科　花期四〜九月頃

◆大　意　芝付の御宇良崎のねつこ草のように、もし相見ることがなかったら、私は恋しく思うだろうか。

◆万葉背景　「ねつこぐさ」というのはこの東歌《あずまうた》に一首見られるだけです。オキナグサやネジバナという説もあり、花は良くわかっていません。

　ネジバナは捩摺ともいわれます。「捩」は「ねじる」の古語で、「摺」は「折り重なること」です。

はな模様

オキナグサはキンポウゲ科オキナグサ属。山地の日当たりのよいところに咲く多年草です。四〜五月に、少し暗めの赤紫の花をつけますが、はなびらのガクの外側が、白い毛で覆われているところから、翁の名で呼ばれています。

一方、ネジバナはラン科の多年草で、日当たりの良い芝地や堤などに生えます。造園屋さんの土と一緒についてきて庭の草に紛《まぎ》れ、花期に見つけることもあります。

葉は根から生え、洋ランの葉を小さくしたような広い線形です。花は紅紫色で、捩《ねじ》れて穂状につきます。花は横に向き鐘形です。

花期は長く四月～九月頃までみることができます。

「翁草の花も年久にかく見ればあはれくれなゐの萌えいづるところ」 土屋文明

90-1 ねつこぐさ

90-2 ねつこぐさ

91　ねぶ

ねぶ　91

合歓木
ネムノキ　マメ科　花期六〜七月

我妹子《わぎもこ》を聞き都賀野辺《つがのへ》のしなひ合歓木《ねぶ》
我《あ》は忍び得ず間《ま》なくし思へば（巻十一・二七五二）

◆大　意　我妹子のことを聞き継ぐ、その都賀野の野辺の撓《しな》った合歓《ねむ》の木、私は忍びかねる、絶え間なく思っているので。

◆万葉背景　集中三首。「ねぶ」という言葉は、男女の共寝を意味しています。

「しなひ合歓木」はふっくらと繁《しげ》っているネムの木の意ですが、しなやかな女体もイメージさせます。

「ねぶ」が出てくる万葉歌に、恋する男と女が交互に贈り戯《たわむ》れあっていく、紀女郎と家持（巻八・一四六一・一四六二・一四六三）の歌があります。

ネムの木は「ねぶりのき」「ねぶ」「ねぶき」とも呼ばれ、小さな葉が夜に就寝《しゅうしん》運動をすることから名づけられたようです。

漢方では、樹皮は煎じて駆虫《くちゅう》や打撲傷《だぼくしょう》などに用います。

はな模様　マメ科の落葉低木です。葉は夕方になると閉じ、その様子がまるで夜に眠るように見え、万葉人の「昼は咲き夜は恋ひ宿る」の表現がピッタリきます。鑑賞用だけでなく、砂防植栽樹としても植えられています。

「木むらには朝の露のしとどにてねむの実ねむの葉すがれむとする」

土屋文明

92 はぎ

高円の野辺の秋萩な散りそね
君が形見《かたみ》に見つつ偲《しぬ》はむ（巻二・〇二三三）

波疑・波義・芽子・芽
ハギ　マメ科　花期秋

◆大　意　高円の野辺の秋萩よ、散ってくれるな、亡き親王《みこ》の形見として見つつお慕いしよう。

◆万葉背景　「はぎ」の花のもつ風情《ふぜい》が、より淋しさ侘《わび》しさを募らせます。

『万葉集』では一番多く、百四十一首登場します。そしてかなりの歌が八巻と十巻に集中しています。周辺一帯に、自生していた「はぎ」の優美《ゆうび》さが万葉人の心をとらえたのでしょうか。

志貴皇子ゆかりの高円の地に、ハギの寺として名高い白毫寺《びゃくごうじ》がありますが、登る参道からハギが出迎え、秋の形容にぴったりの感があります。

ここから生駒山を望んで眺める夕日はまた格別です。

はな模様　ハギはマメ科の低木または草木です。秋に房状の花をつけます。

ハギの名は、古い株からも芽を出すところの「生え芽」

という意味からきているそうです。草冠《くさかんむり》に秋の字は秋に花を咲かせるところによるようです。

「萩が花ちるらむ小野の露霜にぬれてをゆかん さ夜はふくとも」

『古今和歌集』

93 はじ

波目

ヤマハゼ　ウルシ科　花期五～六月

ひさかたの 天《あま》の門《と》開き 高千穂《たかちほ》の 岳《たけ》に天降《あも》りし 皇祖《すめろき》の 神の御代《みよ》より はじ弓を 手握《たにぎ》り持たし （略）（長歌）

（巻二十・四四六五）大伴家持

◆大　意　（ひさかたの）天の岩戸を開いて、高千穂の峰に天下った、皇祖たる神の御代以来、櫨弓《はじゆみ》を手にお持ちになり（略）

◆万葉背景　集中一首。前半に、大伴の祖先の功績《こうせき》を回《かい》顧《こ》し称え、家名がいかに立派であるかをいい、後半にゆめゆめおろそかにすることなく絶やすことなく、語り伝えていきなさいと大伴氏と名を背負っている大夫《たいふ》たちに諭《さと》しています。「はじ」はアズサやマユミと同じく弓材とされていました。

平安時代の服飾文化に装束《しょうぞく》のかさねの色目がありますが、色目の「櫨《はじ》」は、表は朽葉《くちば》・裏は黄色です。ハゼの木の心材はハジ染めの染料とし用いられ深みのある黄色になりました。

93　はじ

はな模様　ハジは、ウルシ科落葉小高木のヤマハゼのことです。関東より西から、四国、九州の山地に分布しています。秋の紅葉は黄味赤に色づき見事です。五～六月に黄緑色の小さな花をつけます。

「鶉《うづら》鳴く交野に立てる櫨紅葉散りぬばかりに秋かぜぞ吹く」

藤原親隆『新古今和歌集』

94

はちす

蓮
ハス　ハス科　花期七〜八月

勝間田《かつまた》の池は我《われ》知る蓮《はちす》なし
然《しか》言ふ君がひげなきごとし（巻十六・三八三五）

94-1　はちす

94-2　はちす

◆大　意　勝間田の池は私も知っています。蓮などありません。そう仰せられる我が君様に鬚《ひげ》がないようなものです。

◆万葉背景　勝間田の池の故地は、未だ限定されていないようです。「み佩《は》かしを　剣《つるぎ》の池の　蓮葉《はちすば》に　溜まれる水の（略）」（巻十三・三二八九）など、集中四首詠まれていますが、ともに仏教とは関係がなく、人を連想して詠んでいるようです。

「はちす」と呼ぶのは花托《かたく》の穴の形が蜂の巣に似ているからといいます。

仏教では、蓮は泥中に咲きながら、その汚泥《おでい》に染まらず、清らかで香気を放つと称《たた》えています。

蓮の花弁をかたどった蓮華文様を、仏像の台座や飛鳥時代の軒丸瓦《のきまるがわら》にみることができます。

はな模様　ハスはハス科の多年生水草で、池や沼でみることができます。

鑑真和上《がんじんわじょう》を奉っている奈良の唐招提寺の境内《けいだい》では、大賀一郎氏が発芽《はつが》に成功した二千年前の種子の子孫のハスをみることができます。

「くれなゐの八重てり匂ふ玉はすの花びら動き風わたるかも」

伊藤左千夫

95 はなかつみ

をみなへし佐紀沢《さきさは》に生《お》ふる花かつみ
かつても知らぬ恋もするかも
（巻四・〇六七五）
中臣郎女《なかとみのいらつめ》

花勝見
マコモ　イネ科　花期八～十月
ヒメシャガ　アヤメ科　花期五～六月

95　はなかつみ

◆大　意　（をみなへし）佐紀沢に生える花かつみ、かつて全く思いもしなかった恋をしているのです。

◆万葉背景　集中一首。芭蕉《ばしょう》の『奥の細道』で、かつみかつみと尋《たず》ね歩いたという「花かつみ」ですが、『万葉集』における「はなかつみ」は未詳で、花菖蒲、ヒメシャガ、牧野富太郎氏のマコモ説などがあります。

「かつみ」はマコモの開花したもので、マコモの実を食用とし、かつみを糧実、マコモを真米とするというのもありました。

黒穂菌が寄生して茎が肥大化した芽は、黒い胞子でいっぱいになります。これをマコモズミと呼んで、茎葉は家畜の飼料や利尿剤とし、果実を食用に、胞子は乾燥させ眉墨や絵の具にと広い用途《ようと》で使われてきました。

はな模様　マコモは、イネ科の大形多年草で、沼や沢などに群生し自生しています。葉は線形で、ヨシより長く大きく、秋に穂を出します。枝先の淡い緑色の穂が雌の小穂です。花の下のほうに茶褐色のおしべが垂れ下がっているのが雄花です。

「かつみふく熊野まうでのとまりをばこもくろめとやいふべかるらん」　西行『山家集』

96 はなたちばな

五月《さつき》の花橘を君がため
玉にこそ貫《ぬ》け散らまく惜しみ（巻八・一五〇二）
大伴坂上郎女

花橘・波奈多知波奈・波奈多知婆奈
マンリョウ　ヤブコウジ科
花期六～七月

96　はなたちばな

◆大　意　五月の橘の花をあなたのために玉に貫きました、散るのが惜しいので。

◆万葉背景　集中六十九首ある「たちばな」の中で花を詠んだものが四十首、そのうち「はなたちばな」と詠っているものは三十三首ありました。

玉に貫くというのは、花のつぼみを糸に通して五月五日の節句に邪気《じゃき》を払うために飾った薬玉《くすだま》です。五月の薬狩りに関するものは「あやめぐさ」の項を参照してください。

万葉人の植物に対する気風は、命をつなぐ薬や食はもとよりですが、呪いや占いにおいてもつねに前向きです。恋しい気持ちや願いを花に寄せる感情からも、ごく自然に自然環境との共生姿勢がみえてきます。

草木が発芽や開花、紅葉というように、季節の移ろいを色に変えて見せてくれるように、平安時代になると服飾文化も色で表現しました。「花橘」（盧橘）の色目は、表が朽葉（褐色味の黄橙）で裏が青（緑色）、夏の色あいに用いられました。

実を主とする時は「たちばな」ですが、「はなたちばな」は花を主にしています。まさしく初夏に放つ花の香りが伝わってくるようです。

はな模様　「たちばな」の項を参照下さい。

「するが地や花橘も茶の匂ひ」　松尾芭蕉

97 はねず

波祢受・唐棣花・翼酢

ニワウメ　バラ科　花期三〜四月
モクレン　モクレン科　花期五〜六月

山吹のにほへる妹《いも》がはねず色の
赤裳《あかも》の姿夢《いめ》に見えつつ　（巻十一・二七八六）

◆大　意　山吹の花のように美しい妹のはねず色の赤裳の姿が、ずっと夢の中に見えている。

◆万葉背景　はねず色に染められた衣服は、灰で洗濯《せんたく》すると色落ちがします。このことから、「はねず色のうつろひ易き心あれば年をそ来経《きふ》る言《こと》は絶えずて」（巻十二・三〇七四）の歌のように移ろいやすい心を導く枕詞として使われるようになったようです。集中四首にみえます。

赤色を憧れの色とする日本には、「曙色」「茜色」や「桃色」「橙色」、「紅葉色」などのように自然の情景や植物の花色などを模した様々な「赤」がありました。それが後に色の配色を楽しむという平安の重ね（襲色目）の文化を生んでいきます。能で女性を演ずる時に用いる衣装に唐織がありますが、「色入り」というと紅の色が入っているものをさし、老女を演ずる時は「色なし」といい、紅色を一切使わないそうです。絵画は色によって作家の思想を表現しますが、日本における織物は色や柄によって人格と感情を表しました。

「赤」といえば、二十世紀初めに台頭し、今も女性を魅了し続けているファッションブランド・シャネルの「赤」があります。その精神を受け継ぎ斬新《ざんしん》な「赤」を開発し続けているのが、同社の色彩決定の最高責任者をつとめるドミニク・モンクルトワ氏。彼は、京都の染色家で、植物染料による天平時代の色彩を再現している「染司よしおか」の吉岡幸雄氏を訪ね、千年以上の時を経て今に伝わる赤の染色法に触れたそうです。

はな模様

ハネズは、ニワウメ・モクレンなどの諸説があります。ニワウメは、バラ科サクラ属の落葉低木で、三〜四月にかけ、梅に似た淡い赤い花をつけます。陰暦で六月のことを林鐘《りんしょう》というところから、林鐘梅ともいいます。

「唇をすぼめてみせる波祢受《はねず》かな」　浜本るり

97-1　はねず

97-2　はねず

98　はまゆふ

98

はまゆふ

浜木綿
ハマユウ　ヒガンバナ科
花期七〜八月

み熊野《くまの》の浦の浜木綿《はまゆふ》百重《ももへ》なす
心は思《おも》へどただに逢《あ》はぬかも（巻四・〇四九六）
柿本人麻呂

◆大　意　み熊野の浦の浜木綿の花、白波にもまがう白い花のように幾重にも心では思うけれども、直接には逢わないことよ。

◆万葉背景　集中一首。平成にユネスコの世界文化遺産に登録された紀伊山地の熊野は、良材に恵まれ、当時は造船が盛んでした（巻六・〇九四四）。舟とともに、はまゆふは、み熊野の特産品として都に知られていたそうです。

木綿《ゆふ》は、木の繊維《せんい》から作った白い布のことをいいます。はまゆふの名は、花の白さを、繊維の白い木綿になぞらえてつけられたようです。

白浜（和歌山県）の古賀の浦・古賀の井ホテルに泊まった水原秋桜子《しゅうおうし》（一八九二〜一九八一）は翌日庭前で、「浜木綿は入江の凪に蕾あぐ」（残鐘）と詠んでいます。

漢名は文殊蘭です。

はな模様　ヒガンバナ科ハマオモト属の多年草で、葉の形がオモトに似ておりハマオモトとも呼ばれています（オモトはユリ科です）。浜辺に生え、葉の間から太い葉とも茎ともつかない支柱を伸ばし、その先にパーマをかけたように細くくるっとした香りを放つ六弁の真っ白い花を咲かせます。

「浜木綿は花のかむりの立ち枯れてそこらただ暑し日ざかりの砂」
北原白秋

ひ　99

檜
ヒノキ　ヒノキ科　花期四月

鳴る神の音のみ聞きし巻向《まきむく》の
檜原《ひばら》の山を今日《けふ》見つるかも（巻七・一〇九二）
柿本人麻呂歌集

◆大　意　（鳴る神の）噂にだけは聞いていた巻向の檜原の山を今日こそは見た。

◆万葉背景　集中「ひ」とみえるのは九首。檜が多い場所を、檜原・桧原と呼んでおり、一部には地名化していたようです。「ひのき」には、「火の木」の意味があります。京都・八坂神社の「おけら詣り」の火種は、ヒノキの板にきり揉《も》みをして発火させたものです（「うけら」の項を参照下さい）。

　ヒノキは優れた建築用材として使われてきました。また、水湿に耐えることから船舶《せんぱく》などに使われています。ヒノキの樹皮を剥いだものが檜皮《ひわだ》で、これで葺いた屋根を檜皮葺《ひわだぶき》といい、神社などの日本古来の建造物にみることができます。檜皮は、樹齢が八十年以上のヒノキから十年に一度しか剥《は》げません。戦後の住宅ラッシュで多くが切り倒され、百年以上といわれるヒノキそのものが減ってきており、寺社の屋根などは銅版に変わりつつあります。

　檜舞台は、床をヒノキで張ったことから呼ばれたものです。山口県岩国市の見事な錦帯橋も、ヒノキで造られています。

はな模様　ヒノキはヒノキ科ヒノキ属の日本特産の常緑針葉高木です。成長はゆっくりですが巨樹になります。四月になると、枝の先端に雄花と雌花を別々につけます。雄花からの花粉が、風で運ばれて雌花につくと、秋には種子を飛ばします。

「霧島の山の檜の木にはつ雪の白くつもりてやがて消えたる」
若山牧水

99　ひ

ひえ　100

比要・稗

イヌビエ　イネ科　花期八〜十月

100. ひえ

打つ田に稗《ひえ》はしあまたありと言へど
選《え》らえし我《あれ》そ夜《よ》をひとり寝《ぬ》る（巻十一・二四七六）

◆大意　耕した田に稗は沢山あるというのに、選《よ》って捨てられた私は夜ひとりで寝ている。

◆万葉背景　集中二首。選るに当てられた「択」の字は「択伐」「択材」などと使われ、森林の樹木や人材を選ぶ意です。この「選らえし」のところを「選び捨てられた」と読むと、数多いヒエのように捨てられたになります。「選び取られた」と読むと、多くの女性の中から選ばれたのにとなります。

「ひえ」は縄文時代に渡来します。「あは」とともに、イネが伝わる以前からある最も古い穀物《こくもつ》です。正倉院文《もん》書《じょ》にも「粟」（隠岐国正税帳《おきのくにのしょうぜいちょう》）や「稗」（尾張国正税帳）の字をみつけることができます。正税帳とは今でいう決算報告書です。

はな模様　ヒエはイネ科の一年草で、アジア原産です。種子は三角で細粒です。今はあまりみかけません。一方、イヌビエは都市、農村地帯を問わず、あき地や庭と、どこにでも生える一年草です。花期は八〜十月。茎の頂に緑色から茶褐色の小穂がびっしりとつきます。変異性に富む植物で多くの変種があります。

「おのづからうらさびしくぞなりにける稗草の穂のそよぐを見れば」　北原白秋

101 ひかげ・かづら

見まく欲《ほ》り思ひしなへに縵かげ
かぐはし君を相見《あいみ》つるかも（巻十八・四一二〇）

大伴家持

日影・賀気・陰・影・可都良・加気・可気・賀都良・縵
ヒカゲノカヅラ　ヒカゲノカヅラ科

◆大　意　逢いたいと思っていたところ、縵飾りを付けた美しい君にお逢いしたことだ。

◆万葉背景　「ひかげ」「かげ」「かづら」とみえるのはあわせて七首。題詞には、（家持が）京《みやこ》に向《む》かふ時に、貴人《きじん》に見《まみ》え、及び美人を相《み》て、飲宴《いんえん》する日に懐《おもひ》を述べる為《ため》に、儲《もう》け作りし歌とあります。

縵は、蔓のように伸びていく植物の「ひかげ」を髪や冠に巻いたものをいいます。あやめぐさの縵を薬狩りの五月に邪気払いの魔よけとして用いるなど、植物の崇拝《すうはい》に根ざしたものから儀礼や飾りに使われるようになっていきました。

天平勝宝四年（七五二）十一月、その年に収穫した新しい穀物を神に捧げ感謝をし、天皇も召し上がるという新嘗祭《にいなめさい》が行われました。その饗宴《きょうえん》の席でも、家持は「ひ

かげのかづら」を詠んでいます（巻十九・四二七八）

現在、新嘗祭や大嘗祭《だいじょうさい》などの神事に、物忌《ものいみ》のしるしとして、冠の笄《こうがい》の左右に結んで、青または白い組糸を垂らします。これはもと、ひかげのかづらを用いたことによる名残だそうです。

はな模様 ヒカゲノカヅラはヒカゲノカヅラ科の常緑シダ植物です。茎は細長く地面を這《は》い、葉は線状で細かく茎に密生しています。

「久方のひかげのかづら手にかけて心の色を誰に見せまし」
後鳥羽院『續後拾遺和歌集』

102 ひさぎ

波の間ゆ見ゆる小島《こしま》の浜久木《はまひさぎ》
久しくなりぬ君に逢はずして（巻十一・二七五三）

久木・歴木
アカメガシワ　トウダイグサ科
花期夏

◆**大意** 波の間から見える小島の浜の久木のように、久しくなった、あなたに逢わないままで。

◆**万葉背景** 「ひさぎ」は集中四首あり、山部赤人が詠んだ「ぬばたまの夜《よ》のふけゆけば久木生《ひさぎお》ふる清き川原《かはら》に千鳥しば鳴く」（巻六・〇九二五）にも出てきますが、この久木は未詳です。

ひさぎの葉は、カシワと同じように、食物をのせて用いたことから赤芽柏《あかめがしわ》（赤い芽の柏）の名がついたそうですが、カシワではありません。

このアカメガシワ、種子は赤色の染料に、樹皮は健胃

102　ひさぎ

薬とし、葉は外用薬としても用いられました。
材色も淡い紅色をしており、床柱などにも使われたようです。
なお、ひさぎをキササゲ（ノウゼンカヅラ科）とみる説もあります。

はな模様 アカメガシワは、トウダイグサ科アカメガシワ属の落葉高木です。本州、四国、九州の山野に生え、高さは十メートル近くになります。葉は円形で春に芽吹く赤い新芽が特色です。
夏に黄色の小さな花が集まり咲きます。

「君戀ふとなるみの浦の濱ひさぎしをれてのみも年を経るかな」
源俊頼『新古今和歌集』

103 ひし

菱
ヒシ　アカバナ科　花期夏

君がため浮沼《うきぬ》の池の菱《ひし》摘むと
我《わ》が染めし袖濡れにけるかも（巻七・一二四九）
柿本人麻呂歌集

◆大意 あなたのために浮沼の池の菱を摘んでいる間に私が染めた袖は濡れてしまいました。

◆万葉背景 集中二首。「ひし」の実は食用にされていました。その実が丁度、押しつぶされたような容をしていることから「ひしぐ」が「ひし」になったとする説があります。
ヒシは、北半球に広く分布しており、日本でも琵琶湖周辺の地層や京都の伏見などでも多くの化石をみることができます。

103　ひし

ひな祭りでみる「菱餅」は、この実を粉にして作ったお餅です。菱形に切り、色染めにして重ねます。「ひしはなびら」ともいわれます。

はな模様　ヒシは、アカバナ科ヒシ属の一年草です。池・沼などに生え、泥中に落ちた前年の実が、芽を出し長い茎を水面に伸ばし、菱形の葉を浮かべます。夏に柄の先に四弁の白い花を咲かせます。

実は茹でてナイフなどで割り、中の果肉を食べます。

「山がひの小沼に浮べる菱のはなまぼろしに見ゆ君をおもへば」

斎藤茂吉

104

ひめゆり

姫由理

ヒメユリ　ユリ科　花期五月下旬

夏の野の繁みに咲ける姫百合《ひめゆり》の
知らえぬ恋は苦しきものそ（巻八・一五〇〇）

大伴坂上郎女

◆大意　夏の野の繁みに咲いている姫百合のように、人に知ってもらえない恋は苦しいものです。

◆万葉背景　詠っているのが才女で名高い歌人、大伴《おおともの》坂上郎女《さかのうえのいらつめ》のこと。姫百合に寄せて、姫の秘めている苦しさは、人に知られないように秘めているのか、片思いなのか、真意のほどはわかりませんが、推理《すいり》する楽しみを残してくれているのが、『万葉集』の面白みのひとつです。

四千五百余首の中で植物を詠んだ歌がおよそ二千首。その中でも恋の歌が多く、各歌の愛の形も行方も様々です。

「ゆり」は、語調を整えたりするために名詞などにつく接頭語「さ」のついた「さゆり」と詠んだ歌がほとんどで、この「ひめゆり」の表現が一首あるのみですが、ユリの特定は難しいようです。

はな模様　ユリ類は、ユリ科ユリ属として山地に生える野生種も多いと聞きます。「立てば芍薬《しゃくやく》座れば牡丹歩く姿は百合の花」は、一握りの人のみに与えられた特権みたいなものですが、「やはり野におけユリの花」なら私にもできます。

「ひばりたつ荒野に生ふる姫百合の何につくともなき心かな」

西行『山家集』

104　ひめゆり

105 ひる

蒜

ノビル　ユリ科　花期五～六月

醤酢《ひしほす》に蒜《ひる》搗《つ》き合《あ》へて鯛《たひ》願ふ
我《われ》にな見えそ水葱《なぎ》の羹《あつもの》（巻十六・三八二九）
長居吉麻呂

◆大　意　醤と酢に蒜を搗き加えて鯛を食べたいと願う私に見えないようにしなさい。水葱の羹を。

◆万葉背景　醤と酢と一緒にひるを搗いてあえものにし、さっぱりと鯛を食べたいと思っているところへ、水葱の熱い吸い物をすすめられたという歌です。ちょっと可笑しいですね。集中一首です。
万葉人の食生活を覗《のぞ》いた気がします。

105-1　ひる

105-2　ひる

小泉武夫氏の「発酵《はっこう》は力なり」によりますと、日本の醤油の原型である醤《ひしお》（比之保）は、弥生時代に中国や東南アジアから日本に伝わってきます。この醤は、使われる原料によって草比之保《くさびしお》、魚《うお》比之保、穀《こく》比之保、肉《しし》比之保に区別されていました。日本では、この穀物を原料にした穀比之保が野菜の味付けとして発展。室町時代末期になると「ひしおゆ」が醤油になり、日本独自の製法による今日の醤油になっていきます。日本の気候風土が育んだ発酵食材の一つとなった醤油は、「ソイソース」として世界でも人気です。中国料理などで使う醤は、ジャンの名で知られています。こちらはエビや魚などを原料にしています。

はな模様　ノビルは人里近くの野原や土手などに生える、ユリ科ネギ属の多年草です。葉はまっすぐな線形で、五～六月に白く、ときにわずかに赤みを帯びた花をつけます。

「汝は芹つめれわれは野蒜を摘まましとむきむきにしてあさる枯原」
若山牧水

106

ふぢ

布治・敷治・藤

フジ　マメ科　花期四～五月

春へ咲く藤の末葉《うらば》のうら安《やす》に
さ寝《ぬ》る夜そなき児ろをし思《も》へば（巻十四・三五〇四）

◆大　意　春に咲く藤の末葉のように、心安らかに寝る夜はない。あの子を思うので。

◆万葉背景　花を詠んだ歌が多い中で、「葉」を詠っているのが、この一首です。

昨年三十歳で出産をした後輩からのメールに「おっぱいを飲んでも心配・飲まなくても心配」とあり、おもわず微笑んでしまいました。母の愛と心配はいつの時代も変わりありません。

「ふぢ」は集中二十六首。「藤衣」は藤の繊維《せんい》で織った藤布で、仕事着として用いられました。

ふぢの語源は、定かではありませんが、花が風に吹き散ることから名付けられたといわれ、漢字の「藤」があてられました。万葉時代の春の薬狩り行事で、ふぢを頭に飾る習わしは、呪性とも無関係ではないといいます。

ふぢの呪力は『古事記』の中の、「春山霞壮夫《はるやまのかすみおとこ》が、上着から弓矢まで母が藤蔓で作った装束をまとい難攻不落《なんこうふらく》の美女を射止める」という話にも見えます。

平安以降になると、喪服《もふく》を藤衣というようになります。藤蔓は、乗馬のムチにもなりました。

五月に入ると奈良の春日山には、古木に巻きついた淡い紫色をした山フジが懸《か》かります。ふもとに社殿のある春日大社は、藤原氏の氏神で、フジ（藤）はその象徴であり大切に扱われてきました。社殿前の「砂ずりの藤」も樹医にかかり健在です。境内にある「神苑」には、約百六十種の万葉植物が植栽されています。

はな模様　フジはマメ科の落葉樹です。ツルは右巻きで、四月～五月に小さな花が房となって垂れ下がり上から順に咲いていきます。

「紫の藤ばな散りぬ青の羽よきつばくろの出づさ入るさに」
与謝野晶子

106　ふぢ

107 ふぢばかま

萩の花尾花《をばな》葛花《くずはな》なでしこが花
をみなへしまた藤袴《ふぢはかま》 朝顔《あさがほ》が花
（巻八・一五三八）
山上憶良《やまのうえのおくら》

藤袴
フジバカマ　キク科　花期八〜九月頃

◆大　意　萩の花、尾花に葛の花、なでしこの花、女郎花そして藤袴、朝顔の花。

◆万葉背景　秋の七種を詠んだ歌として広く知られています。萩、尾花はススキの穂、葛はマメ科の蔓植物、をみなへし、そして「ふぢばかま」と朝顔の七種を秋の七草として親しんできました。

「はぎ」や「すすき」など植物は、ほかにも多く詠まれていますが、『万葉集』における「ふぢばかま」の作例は、この一首のみです。

和名に「名香草」「名香蘭」などがあります。

「蘭」は古代中国での呼び名です。茎葉を束ねて室内に掛けておくと乾燥するほどに香りがよくなることから乾燥したものを「蘭草《らんそう》」といい、煎《せん》じて薬にも用いていました。入浴剤などとしても使っていたそうです。

はな模様

フジバカマはキク科の多年草です。かつては川岸や土手などで見かけたものですが、周辺整備に伴《ともな》い少なくなりました。八月～九月頃に淡い紫色の小さな花をつけます。

「やどりせし人のかたみか　藤袴　わすられがたき香ににほひつつ」
つらゆき『古今和歌集』

108

ほほがしは

わが背子《せこ》が捧げて持てるほほがしは
あたかも似るか青き蓋《きぬがさ》（巻十九・四二〇四）
恵行《ゑぎやう》

保宝我之婆・保宝我之波
ホオノキ　モクレン科　花期五～六月

◆大　意　あなたが捧げ持っている朴柏は、まさに青いきぬがさそっくりですね。

◆万葉背景　集中二首。ここでは、大伴家持が「皇祖《すめろき》の遠《とほ》御代《みよ》御代はい敷き折り酒《き》飲むといふそこのほほがしは」（巻十九・四二〇五）代々の帝の遠い御代御代には、これを広げて折って酒を飲んだということだ、この朴柏は。の二つの歌をセットにして考えます。

蓋は天皇・皇太子、親王などに後ろからさしかける傘のことで、国分寺の僧恵行が、家持を貴人に見なして賞賛しているのに対し、家持は酒を飲んだ器という「ほほがしは」で返すという当意即妙の技量をみることができます。

「かしは」は、食べ物を盛る葉のことで、『古事記』などにもカシワの葉で酒を受けた記述をみることができます。大きな葉に食べ物を包んだことから、「包《ほう》」の名がついたそうです。

はな模様　ホウの木は、モクレン科モクレン属の落葉高木で、葉も花も大きく、五月を過ぎた頃から、香りのよい直径二十センチメートルもある黄白色花を咲かせます。九～十一月にはタマゴ型でトゲのある実が赤く熟します。

「朴がしは落ち散るものは白々としたるが上に今日も降る雨」
土屋文明

108　ほほがしは

109　ほよ

109 ほよ

保与

ヤドリギ　ヤドリギ科　花期二～三月

あしひきの山の木末《こぬれ》のほよ取りて
かざしつらくは千年《ちとせ》寿《ほ》くとそ　（巻十八・四一三六）
大伴家持

◆大　意　（あしひきの）山の梢のほよを取って、挿頭にしているのは、千年の寿命を祝う心からだ。

◆万葉背景　集中一首です。この歌は、さしずめ天皇をはじめとし参列者の長寿を願う祝辞《しゅくじ》になっています。

寄生は「ほよ」とよまれ、「やどり木」の古名です。冬枯れの中に鮮《あざ》やかな生命力を見せる木ゆえ、年頭の席で、ほよを髪や冠のかざしにするのは、長寿の象徴とみられていたようです。鬘《かずら》では、あやめぐさ、ゆり、ふぢなどがそれぞれに意味を持って詠われてきています。

『枕草子』にも「花の木ならぬは　かへで。かつら。五葉。（略）まゆみ、さらにもいはず。そのものとなけれど、やどり木という名、いとあはれなり。」とでてきます。

はな模様　ヤドリギは、ケヤキやエノキ、サクラなど落葉樹の幹や枝に生える常緑の寄生植物のことです。散策や山歩きなどで目にすることができます。

「袖と上枕の下に宿りきていくとせなれぬ秋の夜の月」
藤原定家『續古今集』

110 まつ

麻都・末都・麻追・待・松

マツ　マツ科　花期四月頃

一つ松幾代《いくよ》か経《へ》ぬる吹く風の
声《おと》の清きは年深みかも（巻六・一〇四二）

市原王

◆大意　一本松よ、お前はどれほどの代を経たのであろうか。松吹く風の音が清らかなのは、経た年が長いからか。

110　まつ

◆万葉背景　松風の音を清らかなると聞こえたことが清々《すがすが》しいですね。「まつ」とみえるのは集中七十八首。

奈良県天理市にある崇神《すじん》天皇陵の周壕《しゅうごう》には、形よく枝《えだ》別《わか》れし、手入れの行き届いた何本もの赤松が、ころよい間隔《かんかく》をあけてその年輪を誇っています。

『万葉集』では、「はぎ」や「うめ」についで多く登場しています。巻六・一〇四一の「我がやどの君松の木に降る雪の行きには行かじ待ちにし待たむ」私の家の、あなたを待つという、松の木に降る雪のように、お迎えに行きはいたしません、ひたすら待ちましょう。は、「待つ」を「松」に、「雪」を「行き」に掛けています。

はな模様

マツ科の常緑高木です。代表的なものに、海岸付近に見られるクロマツと山に見られるアカマツがあります。四月頃には花も咲き、翌秋には松ボックリをつけます。

松葉には大量のダイオキシンがトラップされることがわかっています。植物葉は、大気汚染の一種であるダイオキシン汚染を遮断《しゃだん》する強力なフィルターの役割を果たすことが可能とされ、ダイオキシンやPCB、DDTなどの環境ホルモンを分解する植物の分子育種に期待が寄せられています。

「住吉の岸の姫松　人ならば　いく世か経しと問はましものを」

『古今和歌集』

111 まめ

道の辺《へ》の茨《うまら》の末《うれ》に延《は》ほ豆の
からまる君をはがれか行かむ　(巻二十・四三五二)
丈部鳥《はせつかべのとり》

麻米
ツルマメ　マメ科　花期八～九月

◆大　意　道のほとりの茨の枝先にからみつく豆の蔓のように、まとわりつく君から引き離されて行くことだろうか。

◆万葉背景　防人《さきもり》の歌です。集中一首。

『万葉集』にでてくる「まめ」は野生のもののようで種類も特定できていないようです。マメが生きていくために欠かせない優れた食品だということは、『旧約聖書』をはじめ、日常的な話からも知ることができます。

『ファーブル昆虫記』を著わしたファーブルは、貧しかった中学入学時に「これで寝るところと豆のスープにありつける」といい、イギリスの物語「ジャックと豆の木」では、交換してしまった牛より豆は優れていたと読むことができます。

はな模様　マメの種類を思いつくままにあげますと、お赤飯や餡《あん》にするアズキ、和菓子の原料に使われている白インゲンやウグイスマメ、お正月のオタフクマメ、豆ご飯にするエンドウマメ、季節感を運んでくれるソラマメなどでしょうか。世界中で食用にされているマメの種類は約八十種もあるそうです。

大豆の原産地は中国です。「畑の肉」といわれ、栄養価は、たんぱく質が百グラム中三十グラム以上もあるという優れもの。飽食《ほうしょく》に続く健康ブームの中で、豆を原料とする、醤油、味噌、納豆などの発酵食品、豆腐、きな粉など大豆の加工品は世界に知られるヘルシー食品です。

世界一の大豆生産国となったアメリカへは、日本から、黒船のペリーなどが持ち帰ったのが始めだそうです。

111　まめ

「麦刈ればうね間うね間に打ちならび菽《まめ》は生ひたり皆かゞまりて」
長塚節

112 まゆみ

末由美・真弓・檀弓・檀
マユミ　ニシキギ科　花期六月頃

天《あま》の原振り放《さ》け見れば白真弓《しらまゆみ》
張りてかけたり夜道《よみち》はよけむ　（巻三・〇二八九）

◆大　意　大空を遥かに仰ぎ見ると、白い檀の弓に弦を張って懸けてあるよ。夜道は安全だろう。

◆万葉背景　今でも月を弓に例え、新月を「弓張月《ゆみはりづき》」といいますが、この作者の歌も、空を見上げたら、そこに月が白真弓を張ったようにかかっていた。さぞ夜道はよいであろうと詠っています。

まゆみの木そのものを詠んでいる歌に、「南淵《みなぶち》の細川山に立つ檀《まゆみ》弓束《ゆづか》巻くまで人に知らえじ」（巻七・一三三〇）があります。集中十二首です。

この木で弓を作っていたことからこの名があります。正倉院御物の中にみられる弓の材質には、「梓《あづさ》」や「槻《つき》」（ケヤキの古名）の他に「檀」も伝存しています。これらの弓の大半は漆塗《うるしぬ》りで樺の皮を巻いていたことが伝えられています。

また当時、まゆみの木の繊維からつくられる「檀紙」

112　まゆみ

も使われていました（「正倉院文書」写経検定帳）。

はな模様

マユミはニシキギ科の落葉低木です。雌雄異株です。葉は楕円形で、六月頃に黄緑色の花をつけます。マユミの木は枝がしなるので、弓の材料として使われたそうです。観賞用にも植栽《しょくさい》されます。

「ひそかなるまゆみの花の下水にあしたあしたの口寒くして」　土屋文明

113

みら

美良

ニラ　ユリ科　花期八〜九月

伎波都久《きはつく》の岡のくくみら我《われ》摘めど
籠《こ》にものたなふ背《せ》なと摘まさね（巻十四・三四四四）

◆大　意　伎波都久の岡のくくみらは、私が摘んでも、籠にも「のたなふ」。背の君と一緒にお摘みなさいな。

◆万葉背景　集中一首、東歌《あずまうた》のひとつです。

「くくみら」を摘みにきた女性の一人が、「摘んでも摘んでもなかなか籠《かご》一杯にならないわ」というと、別の女性が「それなら、彼もご一緒に摘みなさいよ」といった感じでしょうか。

「背」は女性が親愛なる夫や兄弟を呼ぶ語です。

「みら」は「にら」の古名です。古くから、中国やインドで栽培されていたようです。中国で五菜といえば、ニラ、ラッキョウ、ワサビ、ネギ、マメをさします。漢名でも「韮」と書きます。

はな模様

ミラはニラのことで、ユリ科の多年草です。八月〜九月に花茎の先に白い花をつけます。野山の散策をしていると、地道の路肩などで自生しているニラをみかけることがありますが、葉や茎は食用になり、畑で栽培されています。

「水ひける最上川べの石垣に韮の花さく夏もをはりて」　斎藤茂吉

113　みら

114 むぎ

武芸・牟伎・麦
オオムギ　ムギ科　花期四～五月

柵越《くへご》しに麦食《むぎは》む子馬《こうま》のはつはつに
相見し児《こ》らしあやにかなしも（巻十四・三五三七）

◆大　意　柵越しに麦を食む子馬のように、ちらっと相見たあの子が何とも言えずいとしい。

◆万葉背景　「むぎ」とみえるのは集中三首。この歌には、或る本の歌には「馬の柵越しに麦食む駒のように、ちょっとだけ新肌に触れたあの子がいとしい」とある。と添えてあります。「新肌」は、女がはじめて男に許す肌のこととか。

麦は五穀の一つで重要な作物ですが、飼料用でしょうか、馬にウエイトが置かれて詠われています。

はな模様

ムギと聞けば、なんといっても夏にキューッと一杯やりたい冷えたビールを思い浮かべますが、イネ科に属するオオムギ、コムギ、ハダカムギ、ライムギなどの総称です。

日本には四世紀頃に、朝鮮半島から伝わったそうです。

季語は、芽は冬、穂と麦秋が夏。麦秋は陰暦の四月のことです。

麦わら細工などの工芸品としても愛されています。

花屋さんでは、生花として浅い緑色のまっすぐなムギをみることができます。

「ふるさとの麦のかをりを懐かしむ女の眉が悲しかりけり」
石川啄木

114-1　むぎ

114-2　むぎ

115-1 むぐら

115 むぐら

いかならむ時にか妹《いも》をむぐらふの
汚《きたな》きやどに入れいませてむ（巻四・〇七五九）
大伴田村大嬢

牟具良・六倉
カナムグラ　クワ科　花期八～十月
ヤエムグラ　アカネ科　花期五～六月

◆大　意　何時いかなる時にあなたを葎の生い茂る汚い我が家にお入れ申しましょうか。

◆万葉背景　集中四首。田村大嬢が、異母妹坂上大嬢と近くに住みながら中々逢えないもどかしさを歌にし、是非あなたをお招きしたいという気持ちを詠っています。四首詠んでいる中の一首です。二人の姉妹関係は「かへるで」の項に記載しています。

「むぐらふの汚きやど」は荒れた貧しい家をいいますが、ここでは謙遜してのこと。

井原西鶴の『日本永代蔵』にも「空定めなきは人の身躰、我貧家となれば、庭も茂みの落ち葉に埋れ、いつとなく葎の宿にして、（略）」とでてきます。

はな模様　そのムグラですが、ヤエムグラやカナムグラなど、荒地などに生える草を総称しています。ヤエムグラは幾重にも重なって生えるので、この名がつきました。茎に下向きのトゲがあり、五～六月に、葉の生え際に四花弁の黄緑色の小花をつけます。

カナムグラと呼んでいる植物は、道端などの荒地に生えるつる性の一年草で、雌雄異株で、雄花は枝先に花穂をつけ、雌花は短く垂れ下がっています。

「とふ人もなき宿なれど来る春は八重葎にもさはらざりけり」

紀貫之『貫之集』

115-2　むぐら

コラム「万葉の歌人たち」

⑦ 風格ある気高さの自然詩人「山部赤人」

万葉歌人として知られる山部赤人《やまべのあかひと》は、柿本人麻呂、山上憶良と並んで、集の代表的な優れた作家です。集中五十首詠み、内二十二首に植物を詠み込んでいます。（「すみれ」の項を参照）

人麻呂の影響を受けたと考えられていますが、彼自身の作品には、赤人文学といえる独自性を感じとることができます。

賀茂真淵《かものまぶち》は、人麻呂を「詞は海原の潮の沸くが如く、勢は雲の上の竜の過ぐるが如く」といい、赤人を「巧みをなさず有がまにまにいひたるが妙なる歌となりにしは本の心の高きが至りなり」と評したといいます。

赤人の作品がもつ自然感情こそが、彼自身の有るがままの飾らない素直な感情であり、彼の支えだった気高さと風格こそが、自然の持っていたものだったとも言えます。

ここまでくると、彼自身の天分も大きかったのではないかと思えてきます。

自然詩人と言われる所以です。

妻をいとしく思う彼が、家の方角を振り返るというくだりが「かには」の項にあります。

116

むし

蒸《む》し衾《ぶすま》なごやが下《した》に臥《ふ》せれども
妹《いも》とし寝ねば肌《はだ》し寒しも（巻四・〇五二四）

藤原大夫

蒸
カラムシ　イラクサ科
花期八～九月頃

◆大　意　カラムシの夜具の柔らかな中に寝ているけれども、あなたと寝ていないので、肌が冷たい。

◆万葉背景　集中一首。藤原大夫が坂上郎女に贈った歌です。一方、この歌をもらった大伴坂上郎女はあなたは来ようといっても来ない時があるのに、初めから来ないというのを来るだろうと待つことはいたしません。来ないというものを。と詠った戯れ歌（巻四・〇五二七）を返します。

藤原大夫は、藤原不比等の四男で京家の祖。妻は大伴坂上郎女で、万葉後期を代表する女流歌人。藤原大夫と別れた後に大伴宿奈麻呂と結婚し、坂上大嬢と同二嬢を生み、大嬢を家持の妻にしたことでも知られています。

むしぶすまは、イラクサ科のカラムシの茎を蒸し、皮を剥《は》いでとった繊維のこと。木綿以前の代表的な繊維でした。ふすまは寝具のことで、柔らかくて寝ごこちが良かったようです。

116　むし

はな模様
カラムシはマオ（苧麻）ともいいイラクサ科の多年草です。八～九月頃に淡い黄色花が咲きます。ムシでつくったものに奈良晒や越後縮があり、いまでも栽培されています。

117 むらさき

牟良佐伎・武良前・紫草・紫
ムラサキ　ムラサキ科　花期六～七月

紫草《むらさき》の根延《ねば》ふ横野《よこの》の春野《はるの》には
君をかけつつうぐひす鳴くも（巻十・一八二五）

◆大　意　紫草の根を伸ばしている横野の春の野では、あなたを思って鶯が鳴いている。

◆万葉背景　この歌のように植物の紫草そのものを詠んだものと、紫色のイメージを詠んだものがあります。集中十七首みられます。根からは紫色の染料をとりました。染色情報に関する歌は、「韓人《からひと》の衣染《ころもそ》むとふ紫の心に染《し》みて思ほゆるかも」（巻四・〇五六九）があり、韓は工芸の

117　むらさき

先進国でした。「紫は灰さすものそ海石榴市《つばきち》の八十《やそ》の衢《ちまた》に逢へる児や誰《たれ》」（巻十二・三一〇一）の歌の中からは、紫根染めの媒染剤に椿の灰汁《あく》を用いるという当時の染色技術をみることができます。

「むらさき」の根を石臼《うす》で細かく砕《くだ》き、お湯を注ぎ手でもみ出して染料となります。媒染に使うツバキは生木を燃やして灰をとります。

紫は恋物語へ。紫を詠むことは恋焦がれる切実な心を表現する方法でした。その発想法は、『伊勢物語』から平安朝の人々へと受け継がれていきます。

また、今日、高貴な色としても知られていますがそれには次のような歴史があります。推古十一年（六〇三）に冠位十二階が制定され、冠名だけでなく冠の色も定められます。舒明十二年（六四〇）、色の位順は、「深紫・浅紫・真緋・紺・緑」とあります。持統四年（六九〇）には、「黒紫・赤紫・緋・深緑・浅緑・深縹《はなだ》・浅縹」となって服飾の制に引き継がれていきます。

はな模様 ムラサキはムラサキ科の多年草です。六～七月に白い花を咲かせます。根は、紫色の染料に利用されていました。

「春日野の若紫のすり衣しのぶのみだれかぎり知られず」『伊勢物語』

118 め・にきめ・わかめ

軍布・海藻・和海藻・和可米・稚海藻

コンブ科の海藻の総称

比多潟《ひたがた》の磯のわかめの立ち乱《みだ》え
我《わ》をか待つなも昨夜《きそ》も今夜《こよひ》も（巻十四・三五六三）

◆**大意** 比多潟の磯の若海藻《わかめ》のように、思い乱れて私を待っているだろうか。昨夜も今夜も。

◆**万葉背景** 集中四首。この磯の場所は特定できていないようです。「わかめ」（若布）は若女・若妻（若い女性）にも通じています。

わかめが海底に立ち、海中で揺らいでいる様子を使って「立ち」と比喩したのは、昨日も今日も横になることもなく待っているだろうと、思ってくれている相手の気持ちをほのめかしています。

ついては「乱れ」も、やみくもに漂い靡《なび》くというイメージより、もっとしっかりとしているといった趣があります。

語源は、わかめ（若藻）からとしています。

春先に船を出し、熊手のような道具を使って若布をからめて収穫したことから、ワカメは「わかめ刈る」といいました。

はな模様 メというとワカメ、アラメなど食用しているコンブ科の海草の総称です。海の中の帯状の植物（海帯）と書くとピッタリします。

北海道南部から九州沿岸の海底に生えます。いまでは養殖も盛んです。生食の他、乾燥させて保存もできます。

「草の戸や二見の若和布貰ひけり」『落日庵句集』

119　も

119 も

藻・毛・母

海藻類の総称

しきたへの衣手《ころもで》離《か》れて玉藻なす
なびきか寝《ぬ》らむ我《わ》を待ちがてに（巻十一・二四八三）

柿本人麻呂

◆**大　意**　（しきたへの）袖も交わさずに、（玉藻なす）なびき寝ていることだろうか、私を待ちかねて。

◆**万葉背景**　「靡《なび》き」は、藻が河の水面に浮かんでいる様子が、女性のしなやかな姿態や、なびく心と重なっています。

集中七十二首に及び、「も」は美しい呼び名の「玉藻」や「藻塩」などとしてでてきます。藻塩は、藻に海水を含ませ、これを焼いて塩を取ります。

海藻のコンブはヨードの宝庫です。食用の歴史は古く、奈良時代にはすでに伊勢神宮の祭礼の供物にあったようです。

正倉院文書「随求壇所解《ずいぐだんしょのげ》」（随求壇所の報告書）の中に、随求壇所へ支給された銭と食料として、米・塩・醤《ひしお》などとともに「海藻」と記されています。

井上勝六氏の『食と健康の文化史』によると、中国の内陸部では、ヨード不足による甲状腺腫の症例が多く、日本からの輸入を欲し珍重《ちんちょう》したそうです。

はな模様　古くは藻葉などといわれたそうですが、昆布や、ワカメなど海藻類の総称です。

「河の瀬になびく玉藻のみがくれて人に知られぬ恋もするかな」
紀とものり『古今和歌集』

120　もみち・もみつ

経《たて》もなく緯《ぬき》も定めず娘子《をとめ》らが
織るもみち葉に霜な降りそね（巻八・一五一二）
大津皇子

毛美知・母美知・黄葉・葉・秋黄・黄変・紅葉・黄・赤・毛美都・黄反・黄色

カエデ科の総称

◆大　意　縦糸もなく横糸も決めないで娘子たちが織る黄葉の錦に、霜は降ってくれるな。

◆万葉背景　集中百三十七首。「もみち」は、「紅出《もみいづる》」から発生したものと考えられています。秋の霜や露に、もみ出される紅や黄の葉という意味で、モミジという木ではありませんでした。カエデの葉の紅葉が何にも増して美

120　もみち

しかったので、もみちといえばカエデのことをさすようになったそうです。錦繍《きんしゅう》の美をみせてくれる「もみち」とはまさに芸術的な代名詞。色鮮やかに揉みだされた自然染色で歓迎してくれます。

京都・東山に、平安時代初期に創建され、モミジの永観堂の名で親しまれている禅林寺があります。神仏へのお供えの名をもらったという「手向山《たむけやま》」（枝垂れモミジの一種）もすぐ間近でみることができます。一方、品種の多さで知られる嵯峨野（京都）の常寂光寺《じょうじゃっこうじ》では、それぞれに異なる葉の彩りの違いが、深い奥行きをかもしだしています。

良寛が、亡くなる直前に詠んだ名句は「裏をみせ表をみせて散るもみじ」でした。

はな模様　カエデのこと。カエデ科の植物は北半球の温帯に多く、日本では二十三種の原生種が確認されているそうです。

「色はみなむなしきものを龍田川《たつたがわ》もみぢ流るる秋もひととき」

藤原定家『拾遺愚草』

121

もも

はしきやし我家《わぎへ》の毛桃本繁《けももももとしげ》み
花のみ咲きて成らざらめやも（巻七・一三五八）

桃・桃花
モモ　バラ科　花期三月～四月

◆大　意　かわいらしい我が家の毛桃は枝が茂っているので、花ばかり咲いて実が成らないなどということがあろうか。

◆万葉背景　集中七首。巻十一・二八三四には、大和の室生の毛桃の木の幹が茂っているように、しげしげといい交わしたものを、実らないではすまないだろうと、恋の成就《じょうじゅ》を譬《たと》えたものもあります。

桃の字をよくみると、木偏に億より多い兆の字がついています。これは、若木の時から花も実もたくさんつけることを示しているのだそうです。また、「もも」は若く健康的な乙女を称え、将来の限りない繁栄をあらわしています。

明治・大正時代に、若い女性に好まれ大流行した、少女から一人前の女性になったことを示す「桃割れ」という髪型の名にも、桃の由来をみつけることができます。

121 もも

はな模様

バラ科の落葉高木です。モモの原産地は中国です。花き市場には、ひな祭りを前にして二月頃から出回り始めますが、地植えのものは三月終りから四月になって開花。葉よりも先に花をつけます。モモの生葉を袋に入れて風呂に入れると、赤ちゃんのアセモに効くといわれています。

「森深くなりたる路を桃白く散るなり鵠《くぐい》のなみだの如く」

与謝野晶子

122

ももよぐさ

母々余具佐

ノジギク　キク科　花期十～十一月

父母が殿《との》の後方《しりへ》のももよ草
百代《ももよ》いでませ我《わ》が来《き》たるまで

（巻二十・四三二六）

生壬部足国《みぶべのたるくに》

◆大　意　父母の屋敷の背戸のももよ草のように、百代も長生きしてください。私が帰って来るまで。

◆万葉背景　集中一首。この歌は防人の歌です。筑紫《つくし》への道のりは遠く、残していく両親の健康を祈る思いで詠んだと思われます。ここでは家の裏手に咲く「ももよぐさ」に、百代までもという願いを込めています。

裏手にあって、万葉人に愛着ある長寿に結びつく植物を想像してみますが、推測の域を出ません。ももよぐさがどんな植物かは未だ定まっていないようです。

陰暦の九月九日は重陽《ちょうよう》の節句といい五節句のひとつです。奈良時代、宮中の「観菊の宴」がありますが、これは「この日に、邪気を払う植物を持ち、山に入り菊酒を飲んで災いを逃れた」という中国の故事にちなんでいます。後に、菊の花には寿命を延ばす効能があることがわかり、酒に浮かべて飲む慣わしとなりました。

日本へは薬用植物、漢方薬の一つとして五世紀頃、中国から渡来したとされていますが、『万葉集』に「菊」はみつけられませんでした。

はな模様　ノジギクはキク科の多年草で栽培種の原種のひとつといわれています。十～十一月に、茎の先に三センチメートルほどの白い花をつけます。

「古代より風の運びし母〻余具佐」　浜本るり

123

やなぎ・やぎ

夜奈義・也奈宜・楊那宜・楊奈疑・夜奈枳・柳・楊・也疑・夜疑・夜宜・楊疑・楊木

シダレヤナギ　ヤナギ科
花期三～五月

浅緑《あさみどり》染め掛けたりと見るまでに
春の柳は萌えにけるかも（巻十・一八四七）

◆大　意　浅緑色に染めた糸を枝に掛けたかと見えるほどに、春の柳は芽吹いたことだ。

◆万葉背景　集中、「やぎ」も含めて三十六首。日本には、奈良時代に中国から輸入され、中国音のヤンの木が訛って「やなぎ」になったといわれています。柳眉《りゅうび》といえば、芽の萌え出るような眉をさし、美人の形容詞です。美人の要素のひとつとされたのが柳腰。細くしなやかで優雅な腰付きのことです。こうしたことから、後に歓楽街にはヤナギを植えるようになり「花柳界《かりゅうかい》」の名が生まれたといわれています。

一方、柳は竜に通ずるとし、橋のたもとなどに植えられ、門出に一枝折って与え出世を祝ったというおめでたい木です。

明治十五年に植えられた東京銀座のヤナギは、隆盛、繁華の代名詞としても多くの人々に愛されました（大正十二年の関東大震災で全滅し、現在のものは昭和になって再び植えられたものです）。

万葉歌では、青々と繁った柳を表す「青柳」という言葉もよく使われています。

はな模様

落葉性で、春に、葉の出る前と同時くらいに小さな花をつけます。

柳は北半球で原生分布し、自然交配種もあり分類が難しいとされています。一般に柳といえば代表種の「シダレヤナギ」をさします。

「柳から日のくれかゝる野路かな」　与謝蕪村

123 やなぎ

やまあゐ

124

山藍
ヤマアイ　トウダイグサ科
花期春

しなてる　片足羽川《かたしはがは》の　さ丹塗《にぬ》りの　大橋の上ゆ　紅《くれなゐ》の赤裳裾引《あかもすそび》き　山藍《やまあゐ》もち　摺《す》れる衣《きぬ》着て　ただひとりい渡らす児は　若草の　夫《つま》かあるらむ　橿《かし》の実の　ひとりか寝《ぬ》らむ　問はまくの　欲しき我妹《わぎも》が　家の知らなく

（巻九・一七四二）

長歌・高橋虫麻呂

124　やまあゐ

◆大　意　（しなてる）片足羽川の赤く塗った大橋の上を、紅染めの赤い裳裾を引き、山藍で摺り染めにした衣を着て、ただひとり渡って行かれるあの乙女は、（若草の）夫があるのだろうか（略）。

◆万葉背景　「やまあゐ」は、集中一首。日本に自生していたものをさします。葉の先の尖った卵形のものを乾燥させ搗《つ》いて採った汁が、薄い藍色の染料になりました。染色植物として知られるもっとも古いものです。

「山藍もち　摺れる衣」とは、青摺り（藍摺のこと）で、様々な模様を、やまあゐで摺りつけて染めたものです。延喜式には新嘗会《にいなめえ》に、青摺りの布を用いたことが記されています。

薬用として入ってきた外来種は、タデアイといいヤマアイと区別しています。こちらも染色にすぐれています。

はな模様　ヤマアイは、トウダイグサ科の多年草で、日陰に群生します。葉は長柄《ながえ》を持ち対生《たいせい》です。春には梢《こずえ》に緑色の小さな花をつけます。

「日に日に枯れゆく中に勢ふは山城の山藍伊勢の山藍」　土屋文明

125　やますげ

125

やますげ・やますが

山菅《やますげ》の実成《みな》らぬことを我《わ》に寄《よ》そり
言はれし君はたれとか寝《ぬ》らむ（巻四・〇五六四）
大伴坂上郎女

夜麻須気・山草・山菅・夜麻須我
ヤブラン　ユリ科　花期八～九月

◆大　意　（山菅の）実の成らないことを、私といわくありげに噂されたあなたは、今は誰と寝ているのでしょうか。

◆万葉背景　集中十三首。『万葉集』に詠われているやますげは、葉が繁り乱れて延びることから「山菅の乱れ恋の（略）」（巻十一・二四七四）と詠われているなど、山に生えるスゲ属のカンスゲではないかとの説や、竜のヒゲやヤブランではないかとする説など諸説があります。「ぬばたまの黒髪山の山菅に小雨《こさめ》降りしきしくしく思ほゆ」（巻十一・二四五六）と柿本人麻呂が詠んだ歌は、小雨が降りしきるようにしきりに思われるという「雨に寄せる恋」です。漢名は「麦門冬《ばくもんどう》」。生薬の麦門冬は、滋養強壮薬などに用いられていたようです。
　山菅の葉を結び、その末を神巫《かんなぎ》に結ばせて吉凶をうらなう「山菅占」や、山菅で作ったものに「山菅蓑《みの》」があります。

はな模様　蛇の髭はリュウのヒゲともいわれ、ユリ科の多年草で、冬に濃い青色の実をつけます。ヤブランもユリ科の多年草で、八月から九月にかけて、山の中などで紫色の花をみかけることができます。花は穂状につけた花茎が特徴です。

「山菅や狐の嫁の化粧かな」　浜本るり

126 やまたちばな

あしひきの山橘《やまたちばな》の色に出でよ
語らひ継《つ》ぎて逢《あ》ふこともあらむ（巻四・〇六六九）

春日王

夜麻多知婆奈・山橘
ヤブコウジ　ヤブコウジ科　花期夏

◆大　意　（あしひきの）山橘の実のようにはっきり色に出て下さい。そうしたら、人々が語り伝えて逢う機会もあるでしょう。

◆万葉背景　集中五首。この春日王は、天智天皇の孫で、志貴皇子の子。万葉後期の著名歌人といわれています。

「やまたちばな」には、山にある野生の「たちばな」の意や、牡丹の異名などの意がありますが、ヤブコウジが定説のようです。同じく「山橘の色に出」と詠んだ歌に、「あしひきの山橘の色に出でて我《あ》は恋ひなむを逢ひ難《がた》くすな」（巻十一・二七六七）（あしひきの）山橘の色づく実のように、色に出して私は恋するだろうが、あなたは逢いにくくしないでください。があります。

はな模様　ヤブコウジは、ヤブコウジ科ヤブコウジ属の常緑低木で、夏に紫おびた花を咲かせ、秋から初春にかけて赤い実をつけます。葉がタチバナの葉に似ていることから、ヤマタチバナというようです。

「我が恋を忍びかねては あしひきの山橘の 色にいでぬべし」
『古今和歌集』

126　やまたちばな

127 やまたづ

君が行き日長《け》くなりぬやまたづの
迎へを行かむ待つには待たじ

（巻二・〇〇九〇）衣通王《そとほりのおほきみ》

山多豆・山多頭
ニワトコ　スイカヅラ科
花期四〜五月

◆大　意　君の旅は日数を経て久くなった。（やまたづの）お迎えに行こう、いつまでもお待ちはいたしません。

◆万葉背景　集中二首。この歌には『古事記』からの引用として長い題詞がついています。それによると、この「旅」とは咎《とが》めによる流罪でしょうか。

「やまたづ」は、「にわとこ」（接骨木）の古名です。枝葉が相対して生じることから「迎へ」を導く枕詞になっています。接骨木の漢名は、この茎葉を煎じて骨接《つ》ぎの外用に用いたことからついたそうです。開花前のを乾燥したものは、煎《せん》じて利尿薬としました。

はな模様　スイカヅラ科ニワトコ属の落葉低木です。ニワトコは、他の樹木より萌芽《ほうが》がいち早いので、「芽出たい木」といわれます。春の声を真っ先に聴き新芽を覗《のぞ》かせ、四〜五月に枝の先に淡い白色の花をつけます。秋づくのもこの木が一段と早いそうです。枝は、鳥がとまり木として好むのだそうです。造花の始まりといわれる花のように削った「削り花」にもこの枝や幹が使われてきました。

「にはとこの実のいち早く秋づきて白々さびし湖の舟は」

土屋文明

127　やまたづ

128

やまぶき

夜麻夫伎・夜麻扶枳・夜摩扶枳・夜麻夫枳・夜万夫吉・也麻夫伎・山吹・山振
ヤマブキ　バラ科　花期五〜六月

うぐひすの来鳴《きな》く山吹《やまぶき》うたがたも
君が手触《ふ》れず花散《ち》らめやも（巻十七・三九六八）

大伴池主

◆大　意　鶯の来て鳴く山吹は、よもや、あなたの手に触れずに花が散りはしないでしょう。

◆万葉背景　集中十八首。「やまぶき」を好んだ家持が越中守としての赴任中、病床に伏す時に大伴池主からもらった歌で、たいそう慰められたということです。

「やまぶき」の名は、しなやかな枝が風にゆれ動くさまの「山振り」からきたそうです。

やまぶきを賞《め》で愛した橘《たちばなの》諸兄《もろえ》が晩年、山城国井手の里（現在の京都府井手町）の玉川のほとりに住み、遣《や》り水《みず》した庭園を中心に一重咲きのやまぶきで埋めつくしたといいます。今は竹林の中に諸兄を偲ぶ碑がひっそりと建っているだけですが、玉川沿いを散策すると、野生種かとおもわれる一重咲きのヤマブキに出会うことができます。

128　やまぶき

雨のため蓑《みの》を借りに立ち寄った太田道灌《どうかん》にヤマブキの一枝を差し出し、「ななへ八重はなはさけども山吹のみのひとつだになきぞかなしき」と詠ったという話は、蓑を「実の」にかけた歌として知られていますが、今では、ヤマブキに実がなることがわかっています。

はな模様

ヤマブキはバラ科ヤマブキ属。日本では、山谷のいたるところで見ることができますが、開花前線は北と南では、五十日ほど違います。

一属一種の珍しい植物で、世界的に分布しているのは、日本と中国のみ。

種子は九月頃に熟しますが、実生によらず、株分けで増やします。

「山吹の花色衣ぬしやたれ 問へどこたへず くちなしにして」

そせい法師『古今和歌集』

129 ゆづるは

由豆流波・弓絃葉

ユズリハ トウダイグサ科

花期四～五月

古《いにしへ》に恋ふる鳥かもゆづるはの
御井《みゐ》の上《うへ》より鳴き渡り行く（巻二・〇一一一）

弓削皇子《ゆげのみこ》

◆大意 昔のことを恋い慕う鳥なのだろうか、ユズリハの樹のある御井の上を通って、鳴きながら飛んで行く。

◆万葉背景 弓削皇子が額田王に贈った歌です。恋慕う昔は、額田王が寵愛をうけていた父の天武天皇の時です。この鳥はホトトギス（巻二・〇一一二参照）です。

中国には、蜀《しょく》王が霍公鳥《ほととぎす》と化して不如帰《ほととぎす》と鳴きつつ飛んだという伝説や、冥土《めいど》との間を往来する鳥など、種々の伝説があるようです。

129 ゆづるは

ゆづるはをモチーフに詠った歌は、巻十四・三五七二と集中二首です。

『枕草子』に「ゆづり葉の、いみじうふさやかにつやめき、茎はいとあかくきらきらしく見えたるこそ、あやしけれどをかし。（略）また、よはひを延《の》ぶる歯固《はがた》めの具《ぐ》にももてつかひためるは。（略）」とあります。つやのある葉の様子や、新年に長命を祝う儀の歯固めの道具としても用いられていたことなどがわかります。

はな模様

ユズリハはトウダイグサ科の常緑高木で山地に自生しています。葉は光沢があり、四月から五月にかけて緑黄色の花をつけます。

春に新葉が伸びてから古い葉が落ちるので、「譲り葉」ともいわれます。

「ゆづり葉に西日さすときゆづり葉のかげに巡礼鉦うちにけり」

北原白秋

130

ゆり

油火《あぶらひ》の光に見ゆる我《わ》が縵《かづら》

さ百合《ゆり》の花の笑《ゑ》まはしきかも（巻十八・四〇八六）

大伴家持

由利・由理・百合・由流

ヤマユリ　ユリ科　花期七～八月

オニユリ　ユリ科　花期七～八月

130-1　ゆり

◆大　意　油火の光に映えて見える私の縵の百合の花の、思わずほほ笑むほどに美しいことだ。

◆万葉背景　集中十首。「さ百合花《ゆりばな》ゆりも逢はむと思へこそ今のまさかも愛《うるは》しみすれ」（巻十八・四〇八八）もあわせ、家持が詠んだ「ゆり」の歌は、四首とも「さゆり」となっています。ここでの「さ」は接頭語で、ヤマユリ・ササユリといった特定の百合ではないように思われます。

奈良市にある最古の神社・率川《いさがわ》神社（ご祭神「媛《ひめ》蹈鞴《たたら》五十《い》鈴姫命《すずのひめのみこと》」）の三枝祭《さいくさのまつり》があります。この祭の名から「さきくさ」と思われそうですが、三枝の花は「ささゆり」です。この姫が、ささゆりが咲き乱れる大神《おおみわ》神社のご神体である三輪山の麓、狭井川のほとりに住まいしていたという縁起により、三輪山から採取したササユリが用いられてきました。この日は、ササユリをかざして優雅に舞う華やかな行列が、奈良の大路を練り歩きます。

キリスト教の復活祭では、信仰の純潔のシンボルとして欠かせない白ユリがありますが、今ではこのマドンナ・リリーが、日本からいったテッポウユリに変わっているそうです。

はな模様

ユリ科ユリ属の多年草。

ユリの球茎は、鱗弁《りんべん》が多数重なっているところから百合というそうです。ヤマユリの花は白地に赤い斑点《はんてん》があり中央脈に沿って黄色い線が入っています。東北から近畿地方までの山や草原にみられます。オニユリは日本全土の人里近い山野に自生し、花期はともに七月～八月です。

「かりそめに早百合生ヶたり谷の房」　与謝蕪村

130-2　ゆり

130-3　ゆり

131

よもぎ

余母疑
ヨモギ　キク科　花期九〜十月

大君《おほきみ》の 任《ま》きのまにまに 取り持ちて （中略） ほととぎす 来鳴《きな》く五月《さつき》の あやめ草 蓬《よもぎ》かづらき 酒《さか》みづき （略）
（巻十八・四一一六）大伴家持

◆大　意　〜ホトトギスの鳴く五月の菖蒲や蓬を縵にして、酒盛りをして宴席の楽しみに紛らわそうとするが（略）。

◆万葉背景　この歌全体は、都に登った久米広縄《くめのひろなわ》に久しくお会いしないのでと、気持ちの近況を吐露《とろ》しているものです。「よもぎ」はこの一首のみです。

菖蒲やよもぎの蔓は霊力を持つといわれ、「五月五日はこの髪かざりをつけないと宮中にはいれない」とする記述も残されています。

ヨモギあるいはモグサの名所として名高い伊吹山については、近江（滋賀県）の伊吹山とする説と、下野《しもつけ》（栃木県）の伊吹山説があります。

小倉百人一首にみえる「かくとだに　えやは伊吹のさしもぐさ　さしも知らじな　燃ゆる思ひを」の伊吹山は

131　よもぎ

下野の山です。一方、近江の伊吹山は、石灰層が良質の薬草の生育に適していたことから、安土桃山時代には織田信長が（一五七六年頃）、伊吹山麓一帯の五十町歩に薬草や山蓬草を移植させ薬草園とし、その薬草を火薬の起爆材として活用。ヨモギは、毒ガスマスクのフィルターとしても使用されていたことが残されています。

はな模様

キク科の多年草で、キクは虫媒花なのに、繁殖力の強いヨモギは風媒花になったといわれています。繁殖力の強さから「四方草」、春になると「よく萌える草」からヨモギになりました。ヨモギにまつわる故事は多く、中国では病を治す草として別名イグサ（医草）ともいわれました。三月のヨモギは薬効があり、四月のヨモギはただのヨモギとまで伝えられています。乾燥させたものは、お灸のモグサ（よく燃えることから）の原料となります。

「蓬生は枯れつつゐたり吾等ふたり蓬生の中に入りてやすらふ」

斎藤茂吉

132

らに

天平《てんびやう》二年正月十三日、帥老《そちらう》の宅《いへ》に萃《あつ》まり、宴会《えんくわい》を申ぶ。時に、初春の令月《れいげつ》、気淑《うるは》しく風和《やは》らぐ。梅は鏡前《きやうぜん》の粉《こ》に披《ひら》き、蘭《らん》は佩後《はいご》の香《かをり》に薫《かを》る。（略）

（巻五・〇八一五〜〇八四六の序）大伴旅人

蘭
シュンラン　ラン科　花期六〜七月

◆大　意　天平二年（七三〇）正月十三日、帥老の宅に集まって宴会を開く。あたかも初春のよき月、気は麗らかにして風は穏やかだ。梅は鏡台の前のお白粉のような色に花開き、蘭草は腰につける匂袋のあとに従う香に薫っている。（略）。

◆万葉背景　「梅花の歌三十二首、序を幷《あは》せたり」とあり、大伴旅人邸での宴における諸人の歌が収められています。「らに」は、この序にみえシュンランとも「ふぢばかま」ともいわれています。フジバカマは奈良時代前期に中国から渡来し帰化したもので、中国では蘭草、香草といわれ、香気を身につけたり洗髪に用いたりしました。煎じて飲むと利尿作用があるといわれています。

栽培されているシュンランの花は、観賞が主ですが、食用では、天ぷらにするなど普茶《ふちや》料理にも使われています。

フジバカマの蘭草（キク科）とラン科のラン（蘭）を区別したのは、新井白石といわれています。

古名蘭に似た名前にサワアララギ（沢蘭）があります。

はな模様　「ふぢばかま」の項を参照下さい。

「清貧の家に客あり蘭の花」　正岡子規

133

わすれぐさ

萱草・忘草

ヤブカンゾウ　ユリ科　花期七～八月

忘れ草《ぐさ》我《わ》が紐に付く時となく
思ひわたれば生《い》けりともなし（巻十二・三〇六〇）

◆大　意　忘れ草を私の紐に付ける。いつという時もなくずっと思い続けているので、生きているという気がしない。

◆万葉背景　集中四首。巻十一・二四七五の「恋忘れ草」を入れると五首になります。中国の漢文に「忘憂草」として登場するため、日本では古くから「忘れ草」と呼ばれています。

この花を身につけて持っていると、憂いや辛いことを忘れることができると考えられていたそうです。が、その割には、後の物語などにでてくる歌をみても、忘れられず・忍んでいるなど、なぜかこの草には「忘れられない」歌が多いのです。

もしかしてこの花は、憂さならず、藪《やぶ》の中に置き忘れられていた花だったのでしょうか。

はな模様　ユリ科ワスレグサ属の多年草です。藪に生えるヤブカンゾウのこと。七から八月にかけて赤橙色のユリのような花を咲かせます。
新芽や若葉は食用になります。

「忘れ草なにをかたねと思ひしは　つれなき人のこゝろなりけり」
そせい法師『古今和歌集』

133　わすれぐさ

134 わらび

いはばしる垂水《たるみ》の上のさわらびの
萌《も》え出《い》づる春になりにけるかも（巻八・一四一八）
志貴皇子《しきのみこ》

和良妣
ワラビ　ウラボシ科

134　わらび

◆大　意　岩の上にほとばしり落ちる滝のそばのさわらびが芽を出す春になったのだなあ。

◆万葉背景　奈良朝以前の古歌で、「春の雑歌」に選ばれたもので「わらび」を詠んだ歌はこの一首のみです。さわらびの「さ」は神聖なものにつける「さ」、それとも新芽を指す「早蕨」なのかは、研究者の答えを待つしかありません。

　この歌は志貴皇子の喜び御歌とあり、新春の賀宴で祝意を述べています。

　たしか、ワラビには、頭の先の小さな新芽をこぶしに見立て意気軒昂《けんこう》と、風（岩だったかも）に向かって振り上げる様を表現したものもあり、微笑んだ記憶があります。

　根からはデンプンが採れ、餅や糊《のり》の原料としました。

はな模様　ワラビはウラボシ科の多年草で、早春の日当たりのよい山の斜面などに生え、まっすぐ伸びた先に小さなこぶしのような芽を出します。この新芽が食用になります。

「煙たちもゆとも見えぬ草の葉を　たれかわらびと名づけそめけん」　真せい法師『古今和歌集』

135

ゑぐ

君がため山田の沢にゑぐ摘むと
雪消《ゆきげ》の水に裳《も》の裾《すそ》濡れぬ（巻十・一八三九）

恵具・個具
クログワイ　カヤツリグサ科
花期秋

135　ゑぐ

◆大　意　君のために山田の沢で、えぐを摘もうとして、雪解けの水で裳の裾が濡れてしまった。

◆万葉背景　歌全体は、若菜摘みの挨拶《あいさつ》歌です。

宮廷の年中行事の一つに、中国の風習にならい、青馬を見ることで邪気を払うという新年の七日に行う「白馬《あおうまの》節会《せちえ》」があります。日本では白馬を神聖視したことから、白馬になりますが「あおうま」といいます。

「ゑぐの若菜」は、この節会に用いた七草のひとつです。集中二首あります。

名前の由来は、辛味を帯びたような、あくが強いことに使う「えぐし」からきたとする説や、「ゐ（藺）に似て小さく内はやわらかで根は白く芋ありて（略）」とを紹介する資料もあり、名前はヰゴ（藺の子）の転訛ではないかとする説などがあります。

ゑぐは、クワイなど種々説ありますが、クログアイ説が定説のようです。外皮が黒褐色の塊茎《かいけい》の中の芋の白い部分が食用になります。

はな模様　クログワイは、カヤツリグサ科の多年草で、湿地や水中に生え、塊茎はクワイに似て黒褐色です。秋に緑色の花穂をつけます。

「沢もとけず摘めどかたみにとどまらでめにもたまらぬゑぐの草ぐさ」

西行『山家集』

136

をぎ

乎疑・荻

オギ　イネ科　花期夏～秋

葦辺《あしへ》なる荻《をぎ》の葉さやぎ秋風の
吹き来るなへに雁鳴き渡る（巻十・二一三四）

◆大　意　葦辺にある荻の葉がそよいで秋風が吹いて来ると共に、雁が鳴いて行く。

◆万葉背景　集中三首。荻の葉のさやぎから秋の訪れという季節を感じ、雁の鳴き声に耳が振り向くという万葉人の自然と一体化している五感が羨ましくもあります。

奈良県西吉野村の梅や柿の生産者の家で育ったという友人が、教師になり奈良市内に赴任《ふにん》してきました。後に、「町に出てきて一番辛かったことは、鼻が利かなくなる（季節感が分らなくなった）ことだ」と話したことが印象的でした。吉野に居ると「草いきれや雨の匂い、土の匂いや風が運ぶ木々の様子で、ほぼ月のうちの週ぐらいまでが判った」といいます。「今はカレンダーが必要だ」と残念がります。

万葉人の自然とのつきあいが、今も身近なところで息づいていたような感動がありました。

はな模様

オギはイネ科の多年草で、水辺に自生しています。ススキに似ています。夏から秋にかけて花穂《かすい》をつけます。この穂は、絹や木綿にはとても及びませんが、ワタの代わりに寝具などに入れ暖をとっていたようです。屋根を葺く材にもなったそうです。

「川下る舟に乗る夜の風寒み荻の葉さやぎ月傾きぬ」　正岡子規

137

をみなへし

乎美奈敝之・乎美奈弊之・娘子部四・佳人部為・美人部師・娘部思・姫部志・姫部思・娘部志・姫押・娘部四

オミナエシ　オミナエシ科
花期初秋

ひぐらしの鳴きぬる時はをみなへし
咲きたる野辺《のへ》を行きつつ見べし（巻十七・三九五一）
秦《はだのや》八千島《ちしま》

◆大　意　ひぐらしの鳴いている時には、女郎花の咲いている野辺を行きながら、見るのがよい。

◆万葉背景　集中十四首。秋の七草として知られる初秋の花「をみなへし」。一抹《いちまつ》の侘《わび》しさのある秋草として親しまれ、小さな花が慎《つつ》ましく咲く風情が女性・佳人《かじん》のようだと、をみな（女・娘）の名がつきました。

『万葉集』には十四首登場し、秋の花として詠んでいる歌と、女性を表現している歌とがあります。

137　をみなへし

「女郎花」と書くようになったのは、中世以降のことです。

京都・八幡市の市立松花堂庭園の中に「女郎花塚」があります。伝説は平安時代のこと。小野頼風という八幡の男が、京の女性と深い契りを結びます。が、女は男には八幡に妻のあることを知り、悲嘆のあまり男山山麓を流れる放生川《ほうじょうがわ》に身を投げます。やがて、川のほとりに女が脱ぎ捨てた山吹重ねの衣が朽《く》ちて、そこから女郎花が咲いたというものです。この伝説は、室町時代の世阿弥の謡曲「女郎花」になりました。

はな模様　オミナエシはオミナエシ科の多年草で日本原産です。日当たりの良い山地や草原に生え、初秋、茎の先に多数の黄色い小さな花を集まって咲かせます。

「秋霧のはれてくもれば をみなへし 花の姿ぞ見え隠れする」
『古今和歌集』

あとがき

万葉植物現代名

参考文献

あとがき　色褪せない古歌

「僕の万葉植物の写真に原稿を書いてみないか」。日頃から写真の撮影やライブラリーでお世話になっている写真家の中村先生からのお誘いに、「原稿ならいいですよ」と挨拶文でも代行して書くような気軽さでお返事したものの、門外漢だと気づき、改めて責任の重さを感じています。

私の仕事はコピーライターです。企業や人の原稿を書くのはもとよりですが、奈良や京都というまわりの土地柄もあり、寺社や自然・伝統産業といったジャンルも手掛けることが出来ました。

簡単に言うと、いつもどこかで「どのように伝えることができるか」ということを真剣に考えている属のくりです。

生息している位置は、お客さん（クライアント）側の経度と消費者という緯度の接点のような所です。そこで常に、双方の本音を知りたいともがいています。

そんなわけで、それらの本音がどこかでひょっとして遊んでないかとリサーチし、日頃から興味をもったタイトルの本は手当たり次第、買いあさったりしながら読んでみます。ハードルが高くなると、人恋しくなり、今度はせっせとその道の専門家の先生方にご指導を仰ぎに出かけて行きます。

その比率は、書くまでの作業に七十〜八十％くらい費やしているのではないかと思うほどです。そんなわけで書くのはチョコットです。コーヒーブレイクは、「ちょっと風にあたりに」をなじみにしています。が、ちょっとが「ながらく」になることもしばしばです。でも決して忘れたことのないのが原稿の「締め切り日」です。なぜなら「今日は新聞ですが、明日になると新聞紙になるのですから」。

過去に編集者としてお世話になった今は亡き、歴史家の鬼頭清明先生に、古代を探る研究者としてのスタンスを尋ねたことがありました。その時先生は「古代人に笑われないように」と饒舌でない重い口を開かれました。

もとより研究者でもない私に「万葉人に笑われないような原稿が書けるだろうか」とおもうと疑わしく、今になって先生の言葉の重みがずっしりと肩にかかります。

そんな時、この三十年間、書斎の書棚に立てかけられたままの一枚の写真にふと目が留まりました。それは、日本最古の尼寺「中宮寺」の世界最古の寄木造彫刻、半跏思惟像こと「菩薩半跏像」の表装された写真です。

普段はインテリアの一つみたいな扱いでしたのに、しばらく対座していると、人が自然に寄せる畏敬の気持ちや、花の持つ個性を、愛のメタファーとして使いたかった想いは、時が移ってもそう大きく変わっていないのではないかと思えてきました。万葉人が歩いたと思われる古道も何度も歩いた散策路です。

お参りした寺社の境内で、黙って立っていた樹齢千年を超える木は、間違いなくその間のすべてを見通しているでしょうから、まず、自分の「ちっぽけ」を認めて、とりあえず取り組んでみようと決めました。

今は、そこここで出合う植物たちが「実は私たちは、万葉歌の中に詠われた『花』の子孫です」と、それぞれの花（家）系図を、古きよき友達に話すように、声をかけてくれるかもしれないというロマンチシズムに支えられています。

もしうっかり脱線していましたら、つい花に惹かれての寄り道とお許し下さい。

最後になりましたが、ご紹介した「万葉歌」と「大意」は、佐竹昭広先生方の校注による岩波書店刊行の新日本古典文学大系『萬葉集』（一九九九年からの版）を用いています。

長い間本棚に眠っていた古典文学にも再び触れることができ、さらに最近発刊されている各ご専門の先生方のこれまでの永年のご研究の成果を、改めて身近に書物等で拝読させていただくことができ喜んでおります。後に「参考資料」としてまとめて掲載させていただきました。

こうした機会を与えてくださいました中村明巳先生と、柳原出版柳原喜兵衛社長に深く感謝いたします。

二〇〇五年十二月七日　吉野 江美子

万葉植物現代名索引

ア

イ

ウ

エ

オ

カ

キ

ク

ケ

コ

サ

参考文献

新日本古典文学大系『萬葉集』1巻 佐竹昭広 山田英雄 工藤力男 大谷雅夫 山崎福之 校注 岩波書店（1999年版）

新日本古典文学大系『萬葉集』2巻 佐竹昭広 山田英雄 工藤力男 大谷雅夫 山崎福之 校注 岩波書店（2000年版）

新日本古典文学大系『萬葉集』3巻 佐竹昭広 山田英雄 工藤力男 大谷雅夫 山崎福之 校注 岩波書店（2002年版）

新日本古典文学大系『萬葉集』4巻 佐竹昭広 山田英雄 工藤力男 大谷雅夫 山崎福之 校注 岩波書店（2003年版）

『万葉集』1巻 中西進 全訳注 講談社文庫（30刷）

『万葉集』2巻 中西進 全訳注 講談社文庫（20刷）

『万葉集』3巻 中西進 全訳注 講談社文庫（19刷）

『万葉集』4巻 中西進 全訳注 講談社文庫（17刷）

新日本古典文学大系『日本霊異記』出雲路修 校注 岩波書店（2刷）

『古事記』（上）次田真幸 全訳注 講談社学術文庫（37刷）

『古事記』（中）次田真幸 全訳注 講談社学術文庫（40刷）

『古事記』（下）次田真幸 全訳注 講談社学術文庫（37刷）

『古事記』倉野憲司 校注 岩波文庫（70刷）

『日本書紀』（5）坂本太郎・家永三郎・井上光貞・大野晋 校注 岩波文庫（10刷）

『東大寺の歴史』平岡定海著 至文堂（昭和52年版）

『諸祭式要綱』（続篇）神社本廳撰定 神社新報社（8刷）

『続々日本絵巻大成』伝記・縁起篇6「東大寺大仏縁起・二月堂縁起」小松茂美編 中央公論社（1994年版）

「古代模様」1～12鬼頭清明著 毎日なら模様（1984年12月～1985年11月）

「詩歌のある風景」1～12岩本次郎著 毎日なら模様（1987年2月～1988年1月）

『古代の日本』（5）近畿編 狩野久著 角川書店

『奈良歴史案内』松本俊吉著 講談社（2刷）

『新版 飛鳥』「その古代史と風土」門脇禎二著 NHKブックス（42刷）

『万葉集』時代と作品 木俣修著 NHKブックス（44刷）

『万葉開眼』（上）土橋寛著 NHKブックス（9刷）

『古事記と日本書記』神野志隆光著 講談社現代新書（11刷）

『日本書紀の読み方』遠山美都男編 講談社現代新書（1刷）

『万葉の女性歌人たち』杉本苑子著 NHKライブラリー（1版）

『今日に生きる万葉』永井路子著 文春文庫（1版）

『万葉集の歌を推理する』間宮厚司著 文春新書（1版）

『正倉院』東野治之著 岩波新書（4刷）

『正倉院学ノート』米田雄介・樫山和民編著 朝日選書（1版）

『萬葉植物歌の鑑賞』中根三枝子著 渓声出版（平成13年版）

『野草図鑑』①長田武正著 保育社（平成16年度版）

『野草図鑑』②長田武正著 保育社（平成11年度版）

『野草図鑑』③長田武正著 保育社（平成11年度版）

『野草図鑑』⑤長田武正著 保育社（平成11年度版）

『野草図鑑』⑧長田武正著 保育社（平成13年度版）

『四季の花事典』麓次郎著 八坂書房（2刷）

『古典の植物を探る』細見末雄著 八坂書房（1版）

『日本の野草』林弥栄編 山と溪谷社（63刷）

『植物文化誌』改訂版 上野実朗著 風間書房（平成元年版）

『短歌植物誌』永井かな著 初音書房（昭和47年発行）

『続短歌植物誌』永井かな著　初音書房（昭和51年発行）
『花の美術と歴史』塚本洋太郎著　京都書院（1版）
『万葉の花』桜井満著　雄山閣出版（昭和59年版）
『萬葉植物の技と心』西川廉行著　求龍堂（1997年版）
『いけばな草花辞典』瀬川弥太郎編　三省堂（1997年版）
『花の履歴書』湯浅浩史著　講談社学術文庫（9刷）
『文物光華』1〈故宮の美〉秦孝儀著　国立故宮博物院（中華民国77年版）
『文物光華』2〈故宮の美〉秦孝儀著　国立故宮博物院（中華民国80年版）
『遙かなる文明の旅』6〈正倉院と大仏〉学習研究社（初版）
『遺伝子組換え植物の光と影』山田康之 佐野浩編著　学会出版センター（1999年初版）
『植物代謝工学ハンドブック』新名惇彦 吉田和哉監修　⑭エヌ・ティー・エス（2002年発行）
『染織の文化史』藤井守一著　理工学社（平成10年版）
『食と健康の文化史』井上勝六著　丸善ブックス（平成12年版）
『発酵は力なり』小泉武夫著　NHKライブラリー（1版）
『日本庭園史話』森蘊著　NHKブックス（6刷）
『春日大社のご由緒』　春日大社（平成7年発行）
『スコッチへの旅』平澤正夫著　新潮選書（3刷）
『家紋の話』～上絵師が語る紋章の美～　泡坂妻夫著　新潮選書（7刷）
『かさねの色目』長崎盛輝著　青幻舎（初版）
『恋する植物』ジャン＝マリー・ペルト著（ベカエール直美訳）工作舎（2刷）
『新潮日本文学アルバム』（7）谷崎潤一郎　新潮社版（7刷）

『蓼喰う虫』谷崎潤一郎著　岩波文庫（38刷）
『古今和歌集』佐伯梅友 校注　岩波文庫（41刷）
『伊勢物語』（上）阿部俊子 全訳注　講談社学術文庫（35刷）
『伊勢物語』（下）阿部俊子 全訳注　講談社学術文庫（32刷）
『方丈記』安良岡康作 全訳注　講談社学術文庫（31刷）
『平家物語』杉本秀太郎　講談社学術文庫（2刷）
『徒然草』（1）三木紀人 全訳注　講談社学術文庫（23刷）
『徒然草』（2）三木紀人 全訳注　講談社学術文庫（30刷）
『徒然草』（3）三木紀人 全訳注　講談社学術文庫（27刷）
『徒然草』（4）三木紀人 全訳注　講談社学術文庫（26刷）
日本古典文学大系『枕草子紫式部日記』池田龜鑑 岸上愼二 秋山虔 校注　岩波書店（23刷）
日本古典文学大系『近松浄瑠璃集』下巻 重友毅 校注　岩波書店（22刷）
日本古典文学大系『西鶴集』下巻 野間光辰 校注　岩波書店（25刷）
『枕草子』池田亀鑑 校訂　岩波文庫（56刷）
『芭蕉』饗庭孝男著　集英社新書（1刷）
『一茶俳句集』丸山一彦 校注　岩波文庫（22刷）
『蕪村俳句集』尾形仂 校注　岩波文庫（26刷）
『子規句集』高浜虚子選　岩波文庫（13刷）
『斎藤茂吉歌集』山口茂吉・柴生田稔・佐藤佐太郎編　岩波文庫（53刷）
『良寛心のうた』中野孝次　講談社＋α新書（1刷）
『正倉院展』奈良国立博物館
『小浜市史』通史・上巻
『花合わせの民俗』志賀ふすま著

著者紹介

吉野江美子

コピーライター
奈良市在住
編集者としての経歴：１９８５年11月、コピー・デザイン制作会社（株）ナラジェンヌを設立。関西にある企業・寺社・公的機関などのコピー・デザインを手がける。
現在、代表取締役。
主な業歴：１９８５年から、毎日新聞社の奈良県における販売促進紙「毎日なら模様」発刊に伴い、編集者として奈良全県下で取材に当たる。その後、２００１年12月まで編集長を務める（月刊で県下約13万部発行、現在終刊）。
http://www.aaa.or.jp/narasienne
各種イベントや講演会なども企画。専門学校のマスコミ科講師なども歴任。
植物に関する興味：未来に植物が果たす役割を理解すること。（一例：バイオテクノロジーの研究や産業化など。）

中村明巳

日本写真家協会々員
奈良市美術協会々員
奈良市在住
写真家としての経歴：１９８３年コンタックスサロン原宿にて「鹿苑」展、１９８４年ミノルタフォトスペース大阪、広島、名古屋にて「鹿苑の四季」展、１９８６年「大台ヶ原」国立公園50周年記念展、１９８９年「春日野逍遥」出版記念展、１９９２年「やまと花萬葉」出版記念展など多数開催し活躍。出版物として『春日野逍遥』（京都書院）、『やまと花萬葉』（東方出版）、『やまと花万葉』、『やまと花浪漫』（京都書院）、『ならまち』（奈良町資料館）を発行する。

協力者（裏表紙）
ヘアメイク　山田美代子
衣　装　本塚　操
モデル　小嶋貴子

万葉　花のしおり

2006年3月28日　初版第1刷発行

著　者　吉野江美子
　　　　中村明巳
発行者　柳原喜兵衛
発行所　柳原出版
〒615-8107
京都市西京区川島北裏町74
TEL075-381-2319　FAX075-393-0469
http://www.yanagiharashoten.co.jp/

編　集　シーグ社出版
印　刷　冨山房インターナショナル
製　本　清水製本所

ISBN4-8409-5014-8　C0095